青少年修身养性故事书系：

猎狗与兔子的奔跑

LIEGOU YU TUZI DE BENPAO

——成功哲理、开拓思维的故事

王定功 主编

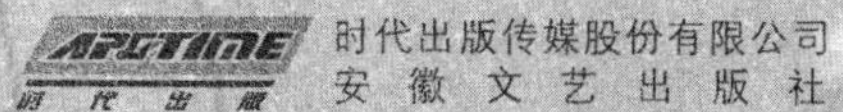

时代出版传媒股份有限公司
安徽文艺出版社

图书在版编目(CIP)数据

猎狗与兔子的奔跑——成功哲理、开拓思维的故事 / 王定功主编.
—合肥：安徽文艺出版社，2014.4
(青少年修身养性故事书系)
ISBN 978-7-5396-4872-9

Ⅰ.①猎… Ⅱ.①王… Ⅲ.①故事–作品集–世界 Ⅳ.①I14

中国版本图书馆 CIP 数据核字(2014)第 044395 号

出 版 人：朱寒冬
责任编辑：王婧婧　　装帧设计：张晓娟　闻　艺

出版发行：时代出版传媒股份有限公司 www.press-mart.com
安徽文艺出版社　www.awpub.com
地　　址：合肥市翡翠路 1118 号　邮政编码：230071
印　　制：合肥瑞丰印务有限公司

开　　本：710×1010　1/16　印张：15.125　字数：360 千字
版　　次：2014 年 4 月第 1 版　2023 年 1 月第 2 次印刷
定　　价：45.00 元

目 录

老天爱笨小孩

上学时考试常常不及格的小张成了私立学校的校长，一向性格内向沉默寡言的大刘当上了外企销售主管，在厂里干什么都不行的二愣下岗后做代理商发了财……

“他这样的人怎么会发财了呢?”于是，常常能听到这样的疑问。这固然有心理不平衡的因素，也确实反映了许多人对于成功的困惑:为什么有些素质很差的人能获得让人大跌眼镜的成功，而那些聪明勤奋的人却常常只能是个优秀的小职员?

著名的组织行为学者，美国密执安大学教授卡尔·韦克转述了一个绝妙的实验:把六只蜜蜂和六只苍蝇装进一个玻璃瓶中，然后将瓶子平放，让瓶底朝着窗户，会发生什么情况?

你会看到，蜜蜂不停地想在瓶底上找到出口，一直到它们力竭倒毙或饿死;而苍蝇则会在两分钟之内，穿过另一端的瓶颈逃走——事实上，正是它们的智力的差异，导致聪明的蜜蜂灭亡了。

蜜蜂以为，囚室的出口必然在光线最明亮的地方，它们不停地重复着这种合乎逻辑的行动。对蜜蜂来说，玻璃是一种超自然的神秘之物，它们在自然界中从没遇到过这种突然不可穿透的大气层，而它们的智力越高，这种奇怪的障碍就越显得无法接受和不可理解。

那些愚蠢的苍蝇则对事物的逻辑毫不留意，全然不顾亮光的吸引，四下乱飞，结果误打误撞地碰上了好运气。这些头脑简单者总是在智者消亡的地方顺利得救。因此，苍蝇得以最终发现那个正中下怀的出口，并因此获得自由和新生。

韦克总结到:“这件事说明，实验、坚持不懈、试错、冒险、即兴发挥、最佳途径、迂回前进、混乱、刻板和随机应变，所有这些都有助于应付变化。”

生活之本

多年前，美国纽约的“红心慈善协会”准备为一家孤儿院盖一所大房子。在破土动工时，意外地挖到了一座坟墓。于是在报纸上刊登出启事，请死者家属速来商量移坟事宜，届时将得到补偿款五万美金。

三十二岁的爱德华看了消息不由怦然心动，他的家就曾在那片土地上。父亲也确实死去了，但却不是葬在那里。就差了一点点，爱德华忍不住地想，要是父亲当初葬在这块地上就好了，他就可以轻而易举地获得五万美金。五万元，这在当时真是一个惊人的数字了。

可那不是自己的父亲，但爱德华还是无法抵挡五万元的诱惑。他还想，这座坟墓既然没有人认领，自己可不可以冒充一回孝子，做一回儿子?爱德华为自己的想法所激动。不过启事上说得很明白:要去认领，得拿出相关的证明。

爱德华绞尽脑汁，终于想出了可以证明那是父亲坟墓的办法。他到旧货市场，买了一张三十年前的旧发票，再到“丧事物品店”花了六美元，让人在旧发票上盖了一个章，证明他三十年前曾为父亲在这里买过葬品。爱德华做得天衣无缝，欢喜地跑去认爹了。

那家慈善机构的一位小姐热情地接待了爱德华。爱德华装出一副悲痛的模样，甚至掉下眼泪，痛哭不止，接待小姐却笑了，说:“你不必这样，老人家毕竟已经入土三十年了，活人不该再这样悲痛。”爱德华感到自己是有点过了，就不再装腔作势。

接下来的事，却让爱德华大吃一惊，小姐将他的姓名、住址记录在案，告诉他，他是第 169 位来认父亲的儿子。如果说得明白点，现在已经有 169 个儿子来认爹了，他们要一一审查，确认谁是其中的真儿子。

这对爱德华如当头一棒，怎么也没想到，会有这么多和他一样财迷心窍，想认爹的人。

当时美国国内，人心不古。全社会都在经受着一场信任与诚实的危机，人们对诚信的呼声日渐高涨。

事情被一家媒体报道，将这169位认爹的人姓名刊登在报纸上，告诉人们，人再贪财，爹是不能乱认的。这时对坟墓尸骨的鉴定结果也出来了，令人惊奇的是，这169位儿子都是假的。坟墓里的尸体已经有一百六十年了，死者的儿子不可能还健在。

这真是一个耻辱。

又是这家慈善机构宣布：如果大家确实想认爹，可以到老年收容所去，他们每人都将得到一个爹。看到如此的闹剧，美国上下深受震动。各界人士纷纷站出来讲话，呼吁诚信，提倡道德，重整人心，号召人们一定要做一个诚实坦白的人，一定要用自己的劳动创造自己的未来。

在那次事件中，爱德华无地自容，非常惭愧。他将那份报纸珍藏起来，金子样地保存着，以警示自己，一定要做一个诚实可信的人。十年后，爱德华成为了全美通信器材界的巨头。当有人问他创业和成功的秘诀时，爱德华坚定而感慨地说："诚实，是诚实帮助了我，它使我懂得了如何做人，使我有了事业并学会了如何待人，大无畏的诚实给了我一切。"一个诚实可信的人，虽然会被人欺骗，常常吃亏，但最终会赢得信誉，受人爱戴，并获得成功。

换一条路走

迈克在求学方面一直遭遇挫折，高中未毕业时，校长对她的母亲说："迈克或许并不适合读书，他的理解能力差得叫人无法接受，他甚至弄不懂两位数以上的计算。"他的母亲很伤心，决定自己教他。然而，无论迈克如何努力，他也记不住那些需要记忆的东西。迈克很伤心，他决定远走他乡……

许多年后，市政府为了纪念一位名人，决定公开征求设计名人雕像的雕塑师，众多雕塑大师纷纷献上自己的作品，最终一位远道而来的雕塑师被选中。开幕式上，他说："我想把这座雕塑献给我的母亲，因为，我读书时没有获得她期望中的成功，现在我要告诉她，大学里没有我的位置，但生活中总会有我的一个位置。"这个人就是迈克。人群中迈克的母亲喜极而泣，她知道迈克并不笨，当年只是没有把他放对位置而已。

在赌场门口经营肠粉

美国西部开发，蜂拥而去的淘金客最后留下“卖水人”三字，成了那些守在重大商机的食物链上，稳守积累微利，步步富裕的人的代名词。

我在澳门见过一家“卖水人”，那是毗邻大赌场的一间小小的粥粉面店。它开在一座大厦的首层，只占着其中的一个间隔，满是“寄人篱下”的意思，门面简单洁净，几乎不需装修，紧挨着大赌场，被大赌场的金碧辉煌衬托得格外寒碜。

从赌场出来的人在“金钱大战”里厮杀得两眼通红，看到这么踏实的生意人家，觉得他们真是呆头呆脑，这样受累有什么意义，赌场里面瞬间就成千上万，仅是一墙之隔，外面竟然有人愿意从12元一碟的肠粉里面获利，简直是天方夜谭!

确实，贴近大赌场，里面大进大出的现金流，惊涛拍岸，几乎破墙而来，这间小店无异于惊涛骇浪里的一叶小舟，不知这掌柜的又如何把持得住?

招牌上写着：芝麻酱肠粉12元，云吞面15元，白灼青菜8元，状元甲第粥10元……客似云来，生意盈门。进出那里的，都是些什么人呢?都是些希望一下子扭转乾坤，却被乾坤扭转了的人，是些赔光了本的赌客，他们通常西装革履，有的就输剩了一顿粥粉钱以及回程的路费了。

掌柜的是一对中年夫妇，慈眉善目，有种罕见的心平气和，浑然不觉自己处于风口浪尖，两人平凡守望，同心同德，店里再雇了三四个人，间或还有三个念书的孩子手勤脚快地帮忙。从天亮忙到天黑，再至深夜，等客人一一离去，方才打烊关门，守着淡时三五千、旺时不足万元的流水账，他们心满意足。

有一天，夫妇俩还免收一位客人的餐费。

那是一位豪客，前一天傍晚，正是周末，豪客携着巨款从香港过来，独自闯入赌场厮杀，手运奇佳，几个小时下来，居然净赚了2000万。子夜时分，当他带着巨款正

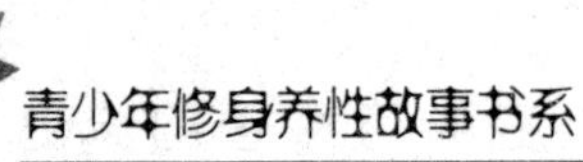

要返港，哪知遇上狂风骤雨，往返港澳两地的飞翔船挂牌停航。这位豪客便从码头原路折回，带着口袋里的千军万马重新杀入赌场，结果遭遇滑铁卢，人仰马翻。黎明时分，2000万全部输光不止，还赔进去带来的1000万本钱。

一夜之间，他从富翁变成了穷汉。

天意，天意啊。他一边感叹，一边走入这间小店。

夫妇俩热情地接待了他，劝慰一番。他们见过一夜白头的客人，已经习惯沧桑看云。客人的戏剧性遭遇，使他们倍感平凡日子的真实可贵。

坐在喧嚣市声里，我常想起那间小店，小店里的夫妻。

卖水人的"小模小样"、"小打小闹"，也是实事求是所致，因为他们本来就是一群穷人，既未接到祖上留下来的大宗遗产，又没有中彩票的运气，所以，只能脚踏实地，出卖智力或体力，从事服务业。

有人在枪林弹雨中跑过，却安然无恙，这不说明轮到你去跑的时候也可以安然无恙。对于大多数升斗小民来说，侥幸发达是一种心理毒素。

荣华富贵人人都想，但是天上掉下来的馅饼，还是让别人去捡吧。卖水人宁愿等待瓜熟蒂落、水到渠成的幸福。

所以，卖水人的生存法则实际上是"放弃第一，选择第二"。他们选择了一种务实低调的处世方式，不因利小而不为。随着年深月久，循序渐进，光阴的重量渐渐显出来，日积月累，乃万物之道。

这样的选择何尝不是一种坚守？坚守的结果，就是比不上少部分暴发户，但比大部分淘金客要强。

卖水人其实是另类理想主义者。

一扇不上锁的门

一个刚刚破产、一文不名的年轻人游荡到了一座城市，饥寒交迫之际便萌生了邪念。他将目光瞄向了紧靠公路的一所民宅。他敲了两下门，没人。正欲破门而入之际，屋子里突然传来一个苍老的声音："门没闩，自己开门进来吧。"他霎时有些沮丧，只得硬着头皮走进屋里。

"我十分口渴，想找点水喝。"他急中生智地撒谎道。

"好，那你请自便吧。"老人转过脸来笑容可掬地说。

突然间，他看到了老人那双空洞的眼睛——原来他竟是一位盲人!他想，真是老天开眼，第一次行动就遇到了这么绝佳的机会!他一边心不在焉地应和着老人，一边将目光迅速在屋内游移。很快，他发现了掖在枕下的一些钱，慌忙揣进怀里就要往外走。正一脚门里一脚门外之际，老人忽然又开口说话了："抽屉里有几个苹果，待会儿你拿些路上吃吧。"

霎时，这句话竟让他无所适从，不由退回来诧异地问："老人家，你对我这么信任，难道你不怕我是个坏人?"老人 突然呵呵笑了起来："年轻人，对别人的好坏是不可妄下断语的。可以先假定他是一个好人，即使再坏也不至于无可救药呀!再说，我在这道口都住一辈子了，还从没遇见过坏人呢。"

老人这番毫不设防的信任像一面镜子一下子让他看到了内心的丑恶。他的心灵受到了一次前所未有的震动：别人如此相信我是个好人，我为什么要做坏事呢?他将那些钱重新放回枕下，深深地谢别老人之后，决定在城里从一名打工仔做起。

因为他对身边的每一位同事都十分信任，所以他赢得了可靠的友情，为自己创造了十分宽松的交际空间，做起工作来总是游刃有余。现在他已荣升为营销总监，成为叱咤风云的商界奇才。

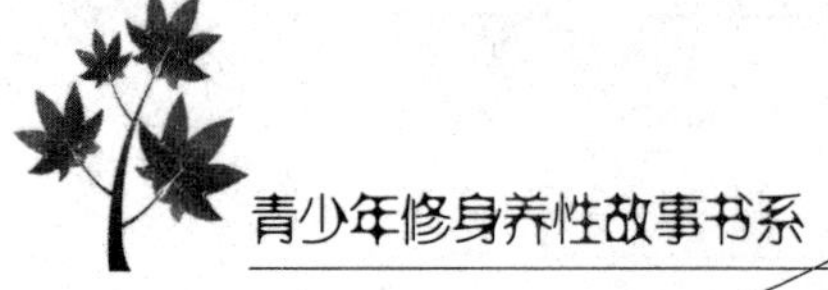

纪昌学箭

纪昌向飞卫学射箭，飞卫没有传授具体的射箭技巧，却要求他必须学会盯住目标而眼睛不能眨动，纪昌花了两年，练到即使锥子向眼角刺来也不眨一下眼睛的功夫。

飞卫又进一步要求纪昌练眼力，标准要达到将体积较小的东西能够清晰地放大。纪昌苦练三年，终于能将最小的虱子看成车轮一样大，纪昌张开弓，轻而易举地一箭便将虱子射穿。飞卫得知结果后，对这个徒弟极为满意。

老鹰之绝唱

很多年前,有一只威严的老鹰,独自居住在一座直冲云霄的山崖上。

有一天,它觉得自己死期已近,就大喊一声,把住在山岭较低处的儿子们召唤前来。

当儿子们来齐后,它一个接一个地看了它们一番,然后说道:

“我已经抚育了你们,将你们拉扯大,使你们能够直视日光,直冲蓝天,会应对各种艰难险阻。”

“你们兄弟中那些面孔不能忍受日光辐射的,我就让它们饿死了。”

“为了这个原因,你们理应比所有别的鸟都飞得更高。那些还想活命的,是不会袭击你们的鹰巢的,所有的动物都将畏惧你们,你们千万别去伤害那些尊敬你们的动物,你们应该允许它们分享你们吃剩的残羹。”

“现在我就要离开你们了。但我不会死在我的巢里,我 将飞得非常高,高到我的翅膀能够带我去得到的最高空,我将展翅高飞向太阳道别,让猛烈的日光烧掉我老了的羽毛。然后我将向大地直落下来,掉进大海。”

“但是总有一天,我会再从海中飞起来,开始我另一段生命旅程,背着一个新使命重回高天。记住,孩子们,这才是我们鹰的命运。”

说着这番话,老鹰飞上天空,它庄严威武地围绕着它儿子站立的高山飞翔,跟着,它突然拧转身子,向那将烧掉它老迈疲倦的翅膀的炎阳飞去。

决斗的意义

一个魔鬼来到一个村庄。他看见这个村庄富饶丰裕,就住下来,每天偷鸡摸狗,害得大家不得安宁。村长华来决心找魔鬼决斗,为村民除害。

有一天,华来在草原上走,寻找魔鬼。迎面碰到一个人,他们互相问好后,对方问:“你往哪里去?”

“我去寻找魔鬼。”村长回答。

“为了什么?”对方问。

“我想除掉它,解救村民。”村长答道。

这时对方说:“我就是魔鬼。”

村长一听,就向它冲过去,双方打了起来。华来终于战胜了魔鬼,把它打倒在地,接着拔出短刀,准备下手。但魔鬼止住了他,说:“村长,且慢下手,你可以杀死我,但先听我说几句话。”

“说吧。”村长说。

“你杀死我没有一点好处,”魔鬼说,“如果你饶了我,你就有好处。”

“有什么好处?”村长华来问。

“你让我活命,我保证每天早晨在你枕头下放20卢比。这样,一直到你生命的最后一天。”魔鬼说。

村长华来一听到这话,马上动摇了,想:我打死它,真的有什么好处?它又不是世界上唯一的魔鬼,魔鬼有千千万万。我饶了它的命,每天就可以得到20卢比!于是,华来同魔鬼订了协议,放走魔鬼。

第二天早晨,华来发现枕头底下真的有20卢比。村长心里大喜。

这样,持续了一个星期,村长对谁也没有说过这件事。

有一天早晨,村长醒了,手伸到枕头下摸钱,但没有一个钱。村长感到纳闷,心

想，大概是魔鬼忘记了，明天它一定会放好两天的钱的。

但是，第二天枕头底下还是没有钱。华来又等了一天，还是没有钱。这时村长冒火了，就出去寻找魔鬼。

在同一草原上的同一地方，他们又相遇了。

“喂，骗子!”村长对魔鬼说，“你是怎么对待我的?”

“我得罪了你什么?”魔鬼问。

“你保证每天给我 20 卢比，起先我倒是每天收到的，可是现在，我已连续几天没收到钱了。”

“村长啊，”魔鬼回答说，“我一连几天给你钱，后来不给了，你不满意的话，我们再来决斗。”

村长华来相信自己的力量，因为已战胜过魔鬼一次。这一次，魔鬼举起村长，摔在地上，并且坐在他的胸上，拿出短刀，准备下手。

这时，村长说：“魔鬼，你可以杀死我，但请允许我提一个问题。”

“提吧。”魔鬼答应了。

“一个星期之前，我们碰面后进行了较量，我胜了你，为什么现在我们两个都毫无变化，你却战胜了我?”

“原因是第一次你是为了正义的事业同我决斗的。而这一次，你找我是为了要钱，为了个人复仇，所以我轻易地战胜了你。”

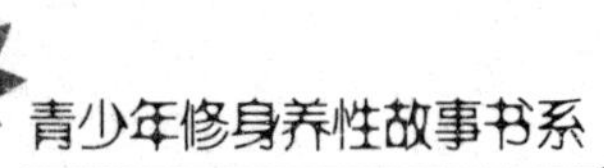

盲人的希望

一位年轻的盲人，弹得一手好三弦琴。由于看不见光明，他一生的最大愿望就是能够在有生之年，睁开眼睛看看这个五彩缤纷的世界。

他一边弹着三弦，一边遍访天下名医，但是没有一个人跟他说过有办法治好他的眼睛。

有一天，他遇到一个道士，像以往他遇到的许多人一样，他向这个道士询问治疗眼睛的办法。

道士对他说："我这里正好有一个能治好眼睛的药方。但是，我这个方逢'千'才能见效，你是弹三弦的，那从现在开始，你得弹断一千根弦才能打开它，否则这只是一张白纸。"

这位年轻琴师带了一位也是双目失明的小徒弟开始云游四方，尽心尽意地以弹唱为生，一直十分小心地计算着到底弹断了多少根弦。

一天又一天，一年又一年，光阴似箭，日月如梭，在他弹断了第一千根弦的时候，这位已经变为老师的琴师迫不及待地将那张永远藏在怀里的药方拿了出来，去请眼睛好的识字人看看上面写着的是什么药方……

明眼人接过药方看了又看，什么也没有发现，只好对他说："这是一张白纸，上面什么也没有。"

琴师听了，潸然泪下——

他突然明白了老道士"弹断一千根弦"的意义：这是给他一个"希望"，这个希望支持他尽情地弹下去，他就这样轻轻松松地整整弹了53年的时光。

这位老人对自己的徒弟说自己重见光明了，然后。他把这张白纸郑重其事地交给了他那也是渴望能够看见光明的弟子。

他拍着徒弟的肩膀说："我这里有一张保证能够治好眼睛的药方，不过，你得弹断一千根弦才能打开这张纸。现在你可以去收徒弟了。去吧，去游走四方，尽情地弹唱，直到那第一千根琴弦断了，就有了答案。"

你还有多少秒

一位朋友经常会讲起老师给他上的这堂课：

老师说："人的一生如活八十岁，就由二十五亿二千二百八十八万秒组成。你知道在这十位数中你已经提取了几位数吗？"

我是一个有些自负的人，在第一次参加的成功训练中，有一个课程是"认识自己"，老师说："我们很多的人知道这个世界，却唯独不认识自己……"我当即举手，说："老师，我认识我自己，我知道我想什么，要什么。"老师笑眯眯地看着我说："你叫什么名字？""李艺林！"我答。"你多大年纪？""5岁(你别笑，训练中讲师要求我们放松自己，放掉身上所有的包袱和解除满身的束缚，回到天真的童年——5岁年代)。"我答。老师又轻轻地笑了："很好！那么你的血型？""O型。"我答。"O型血型有什么特质？"我答不上来了。老师又再次轻声笑着，示意我坐下，对全场几百人说："你不知道了，所以人并不真正了解自己……现在，我们做一个游戏——照镜子。"

照镜子的游戏是每人找一个搭档，面对面，你当他的"镜子"，他当你的"镜子"，上半部让我们真的像5岁小孩，一人做各种怪动作，另一人就模仿，每个人笑得很开心；余下来便甲乙两个站好，互相找优点、缺点，以找优点为主，赞美对方，每个人也觉得很好玩，仍是笑；可到下半部，当在音乐、灯光和老师的引导下，闭着眼睛，每人脑子里都放了一次"电影"，找回了自己过去的种种不足，甚至开始忏悔以往的过错和罪责，眼睛里便闪动着泪花，脸上便流淌着泪珠。我也哭了。我这一次是在没有任何生理痛苦和心理苦楚时哭的。

奇怪吗？

使我泪流不止的原因是，在闭着眼睛的过程中，我听老师给我们仔细地算了这样一笔账。老师说，这账其实是作家谢冰心80岁生日那天算的。他说：

80 × 365=29000；

29000 × 24=700800；

700800 × 60=42048000；

42048000 × 60=2522880000。

老师说："人的一生如活八十岁，就由这十位数的秒组成，而现在你已经提取了许多时日，在你生命库存中也许只剩下九位数、八位数，甚至更少!我不敢断定你是否功成名就，但我敢说，在这里的每一位没有像作家这样给自己算过账，没有哪一位能准确无误地把自己过了几位数说出来，也就是说，没有人真正认识自己；我还敢说，在这里的每一位，年龄最小的也有二十多岁，所以，你剩下的时间并不多，而你要做的事却多得数也数不清……我们的很多人在买菜的时候，在消费的时候，在经营店铺的时候，把账算得很细，几元几角几分，可人生也是经营，为什么我们不认真的算一算人生这笔账呢?"

……那一年，我正当而立之年，如按"谢冰心原理"80 岁计算的话，我应该是活了 10950 天、946080000 秒!而具体到我那天的时间 10 月 14 日，在 10950 天里，还要加上 314 天。这个时候，我心里非常恐惧，因为我发现我的生命的时日已提取了将近一半，而已提取的那将近一半是浑浑噩噩而过的，简直就是浪费!如那种浪费可以判刑的话，我愿坐穿牢底来洗刷自己的罪过。可是，这不能，我只能努力使自己剩下的 18050 天不要浪费，立一个"把每一天当做生命中的最后一天"的誓言。

锁定目标

有一位父亲带着他的三个孩子,到沙漠里去猎杀骆驼。

他们到达了目的地。父亲首先问老大:“你看到了什么呢?”

老大回答:“我看到了猎枪、骆驼,还有一望无际的沙漠。”父亲摇摇头说:“不对。”父亲以相同的问题问老二。

老二回答:“我看到了爸爸、大哥、弟弟、猎枪、骆驼,还有一望无际的大沙漠。”父亲又摇摇头说:“不对。”父亲又以相同问题问老三。

老三回答:“我只看到了骆驼。”父亲高兴地点点头说:“答对了。”

换位思考

英国的蒙哥马利将军在第二次世界大战中，每当战斗开始，他总是要把敌军统帅的照片放在自己的办公桌上。他说，他看着对手的照片就会经常问自己：如果我处在他的位置上，现在我会做什么?他认为，这对他做到知己知彼大有好处。

第二次世界大战末期，苏军突击部队抵达离柏林不远的奥得河时，出现了与后继部队脱节、人员和物资供应不上的危急情况。这时，朱可夫对他的坦克集团军司令卡图科夫说："假如你是德军柏林城防司令官古德里安，手中拥有 23 个师，其中有 7 个坦克师和摩托化师，朱可夫现已兵临城下，而后继部队还在离柏林 150 公里之外，在这种态势一下，你会怎么行动?"卡图科夫回答说："那我就用坦克部队从北面攻打，切断你的进攻部队。"朱可夫听后连说："对啊!对啊!这是古德里安唯一的好机会。"于是，他命令第一坦克集团军火速北上，果然一举歼灭实施侧翼反击的德军，保证了柏林战役的胜利。

找到垫脚的东西

蓝天白云下,牛在河边吃草,牧人在挤奶,三只正在嬉戏的青蛙不小心掉进了鲜奶桶中。第一只青蛙说:“我真倒霉,好端端的掉进牛奶里,难怪今天一早眼皮就跳个不停。”然后它就盘起后腿,一动不动等待着死亡的降临,不一会就被牛奶淹死了。

第二只青蛙说:“桶太深了, 凭我的跳跃能力, 是不可能跳出去了。今天死定了。”它试着挣扎了几下,感觉到一切都是徒劳无益的,于是,在绝望之中沉入桶底淹死了。

第三只青蛙环顾四周说:“真是不幸!但我的后腿还有劲,如果我能找到垫脚的东西,就可以跳出这可怕的桶!”

但是,桶里只有滑滑的牛奶,根本没有可支撑的东西,虽然拼命地挣扎,但是一脚踏空,便又落入黏糊糊的牛奶中。它也曾经想放弃,像它的同伴一样安静地躺在桶底,但是,一种求生的欲望支撑着它一次又一次地跳起来……慢慢地,它感觉到下面的牛奶硬起来——原来在它拼命的搅拌下,鲜奶变成了奶油块。在奶油块的支撑下,这只青蛙奋力一跃,终于跳出了奶桶。

表演杂技

有一位顶尖级的杂技高手，一次，他参加了一个极具挑战的演出，这次演出在两座山之间的悬崖上架一条钢丝，而他的表演节目是从钢丝的这边走到另一边。杂技高手走到悬在山上钢丝的一头，然后注视着前方的目标，并伸开双臂，慢慢地挪动着步子，终于顺利地走了过去。这时，整座山响起了热烈的掌声和欢呼声。

“我要再表演一次，这次我要绑住我的双手走到另一边，你们相信我可以做到吗?”杂技高手对所有的人说。我们知道走钢丝靠的是双手的平衡，而他竟然要把双手绑上。但是，因为大家都想知道结果，所以都说：“我们相信你的，你是最棒的!”杂技高手真的用绳子绑住了双手，然后用同样的方式一步、两步终于又走了过去。“太棒了，太不可思议了!”所有的人都报以热烈的掌声。但没想到的是杂技高手又对所有的人说：“我再表演一次，这次我同样绑住双手然后把眼睛蒙上，你们相信我可以走过去吗?”所有的人都说：“我们相信你!你是最棒的!你一定可以做到的!”

杂技高手从身上拿出一块黑布蒙住了眼睛，用脚慢慢地摸索到钢丝，然后一步一步地往前走，所有的人都屏住呼吸为他捏一把汗。终于，他走过去了!表演好像还没有结束，只见杂技高手从人群中找到一个孩子，然后对所有的人说：“这是我的儿子，我要把他放到我的肩膀上，我同样还是绑住双手蒙住眼睛走到钢丝的另一边，你们相信我吗?”所有的人都说：“我们相信你!你是最棒的!你一定可以走过去的!”

“真的相信我吗!”杂技高手问道。

“相信你!真的相信你!”所有的人都说。

“我再问一次，你们真的相信我吗?”

“相信!绝对相信你!你是最棒的!”所有的人都大声回答。

“那好，既然你们都相信我，那我把我的儿子放下来，换上你们的孩子，有愿意的吗?”杂技高手说。

这时，整座山上鸦雀无声，再也没有人敢说相信了。

生活经验

两个阿拉伯人在沙漠里结伴同行，一个阿拉伯人在沙漠里失去了骑骆驼的同伴,他找了一整天也没有找到。晚上遇到了一个贝都印人,阿拉伯人开始打听失踪的同伴和他的骆驼。

“你的同伴不仅是胖子而且还是跛子吗?”贝都印人问。

“是啊。他在哪里?”希望涌上了阿拉伯人的心头,阿拉伯人急忙问下去。

“我不知道他在哪里。但是你告诉我,他手里是不是拿一根棍子?他的骆驼只有一只眼,驮着枣子,是吗?”

那个人更高兴了,急忙回答说:

“对,对!这是我的同伴和他的骆驼。你是什么时候看见的?他往哪个方向走了?”

贝都印人回答说:

“我没看见他。从昨天起,除了你,我一个人也没看见过。”

“你怎么嘲笑我?!”阿拉伯人很生气,打断了对方的话,说,“你刚才详细说出了我同伴和骆驼的样子,现在说没有见到过,这不是在欺骗我吗?”

“我没骗你,我确实没看见过他。”贝都印人平静地重复说,“不过,我还是知道,他在这棵棕榈树下休息了许多时间,然后向叙利亚方向走去了。这一切事情发生在3个小时前。”

“你既然没看见他,那么这一切又是怎么知道的呢?”阿拉伯人惊讶地张大了嘴巴。

“我确实没看见过他。”贝都印人说,“我是从他的脚印里看出来的。”

他拉了阿拉伯人的手,走到沙漠上,指着脚印说:

“你看,这是人的脚印,这是骆驼的脚掌印子,这是棍子的印子。你看人的脚印:左脚印要比右脚印大和深,这不是明明白白说明,走过这里的人是个跛子吗?现在

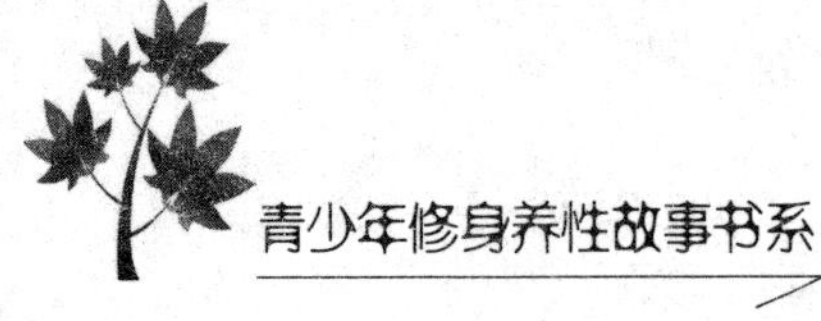

再比一比他和我的脚印，你会发现，那个人的脚印比我的深，这不是表明他比我胖?”

阿拉伯人很是惊奇，说：

“这一切都很对。那么，请你告诉我，你是怎么知道骆驼只有一只眼的?要知道，它的眼睛又不接触地面。”

“道理也是一样的，”贝都印人笑着说，“它的眼睛是没有触到地面，但是它还是留下了痕迹。你看，骆驼都吃它身体右边的草，这就说明，骆驼只有一只眼，它只看到路的这一边而看不到那一边。”

阿拉伯人更加奇怪了，问：

“那么驮在背上的枣子留下了什么痕迹呢?”

贝都印人朝前走了 20 步，说：

“你看，这些蚂蚁都聚在一起。难道你没有看清它们都在吸枣汁吗?”

阿拉伯人沉默了好久，然后问：

“那么时间呢?你怎么确定他在 3 个小时以前离开这里的呢？”

贝都印人又笑了起来，解释说：

“你看棕榈树的影子，在这样的大热天，你总不会认为一个人不要凉快而坐在太阳光下吧?所以，可以肯定，你的同伴是在树荫下休息的。可以推算得出：阴影从他躺下的地方移动到现在我们看到的地方，需要 3 个小时左右。”

拿破仑与秘书

拿破仑在欧洲军事、政治舞台上的杰出才能和辉煌业绩，使他成为法国人崇拜的偶像。因此，成为皇帝陛下的秘书，是许多人梦寐以求的愿望。但是，拿破仑的秘书毕竟不是好当的。

一次，拿破仑的一名私人秘书身染重病离职休息，需临时招募一名“书写漂亮”的秘书以做帮补，消息传出，人们展开激烈的竞争。结果，陆军部长办公室的沙罗先生被选中。突如其来的好运使他激动莫名，在同事们的一片欢呼声中，这位幸运儿穿戴得整整齐齐到杜伊勒利宫就职去了。

送走了沙罗先生后，大家对他的飞黄腾达羡慕不已，尚在谈论之际，办公室的门突然被人撞开了，沙罗先生丧魂落魄地出现在大家面前，帽子丢了，手套不见了，头发乱七八糟，四肢直打哆嗦。在众人惊讶万分的目光中，他诉说了刚刚在杜伊勒利宫的遭遇。

原来，沙罗先生入宫后，拿破仑打量了他一番，便叫他坐在靠近窗口的椅子上，然后就在房里大步地走来走去，指手画脚，不时地从嘴里迸出一些含混不清的词语。初来乍到的沙罗先生以为皇帝心绪不佳，嘴里嘟哝的东西与己无关，因此，并不注意听，只是屏住呼吸偷偷地用目光注视拿破仑的一举一动。过了约半小时，突然，拿破仑大步流星地朝他走来，说：“给我重述一遍。”什么也没有记下的沙罗先生张口结舌，一下子惊呆了；拿破仑见纸上一片空白，顿时像狮子般暴跳如雷，怒吼连声。年轻的沙罗先生被吓破了胆，连秘书的椅子还没坐热，就连滚带爬地逃离了杜伊勒利宫。他一连 5 天卧床不起，此后，直到拿破仑在圣赫勒拿岛逝世多年，沙罗先生每每从远处眺望宫殿的圆屋顶时，仍心有余悸，全身禁不住轻轻颤抖。

对付拿破仑的口授，跟随他多年的首席秘书凡男爵却有一套办法。拿破仑口述

时，有时含混不清地自言自语，有时又前言不搭后语地断断续续，杂乱无章。对此，凡男爵的办法是不管三七二十一，先听多少记多少，恰当地留下空白，以跟上说话人的思路，一等口授中途停止或最后结束，就赶紧整理残缺不全的草稿，绞尽脑汁地反复琢磨皇帝话语的含义，填补空白，组合句子。整理完毕，便交给拿破仑。此时，他若抖抖纸张，签上名字，把文件往凡男爵的桌子上一扔，说一声："发出去！"那么，口授记录工作便算是大功告成了。

更令秘书叫苦不堪的，是拿破仑那非凡的精力，那简直是令人难以置信的。如有一次拿破仑想在枫丹白露筹建一所学校，曾一口气口授了共计 517 项条款的详细计划。平时，拿破仑习惯于每天工作十五六个小时，而在每次战役期间，他白天忙个不停地处理军政大事，晚上稍稍休息一会儿，待到凌晨一两点钟，便起床阅读战报和情报，思考问题，并立即就当天的军事行动做出决定。据史载，1806 年秋对普鲁士作战期间，有一天，拿破仑除了外事活动外，竟连续口述了 102 项命令和指示。

有一天，拿破仑的情绪很好，高兴地捏捏秘书的耳朵，对他说："你也会永垂不朽的。"的确，拿破仑说得不错，那些和他一起生活工作过的人，后来很多都由于他的缘故而名垂青史。当拿破仑的秘书实在是一项可怕的差使，荣誉虽高，但是没有多少人愿意并且能够干到底的。

杰克与时间

杰克大约只有 14 岁，年幼疏忽，对于卡尔·华尔德先生那天告诉他的一个真理，未加注意，但后来回想起来真是至理名言，尔后他就从中得到了不可限量的益处。

卡尔·华尔德是他的钢琴教师。有一天，给他教课的时候，忽然问他，每天要花多少时间练琴。他说大约三四个小时。

“你每次练习，时间都很长吗？”

“我想这样才好。”杰克说。

“不，不要这样。”他说，“你将来长大以后，每天不会有长时间空闲的。你可以养成习惯，一有空闲就几分钟几分钟地练习。比如在你上学以前，或在午饭以后，或在休息余暇，五分钟、十分钟地去练习。把小的练习时间分散在一天里面，如此则弹钢琴就成了你日常生活的一部分了。”

当他在哥伦比亚大学教书的时候，他想兼职从事创作。

可是上课、看卷子、开会等事情把他白天晚上的时间完全占满了。差不多有两个年头他一字未动，他的借口是没有时间，这时，他才想起了卡尔·华尔德先生告诉他的话。

到了下一个星期，他就按此话实验起来了。只要有五分钟的空闲时间，他就坐下来写作一百字或短短几行。

出乎他意料之外，在那个星期的终了，他竟积有相当的稿子了。

后来他用同样的方法积少成多，创作长篇小说。他的授课工作虽然十分繁重，但是每天仍有一些可以利用的短短余闲。他同时还练习钢琴。他发现每天小小的间歇时间，足够他从事创作与弹琴两项工作。

亚历山大

亚历山大大帝给希腊世界和东方的世界带来了文化的融合，开辟了影响后世的丝绸之路的丰饶世界。据说他投入了全部青春的活力,出发远征波斯之际,曾将他所有的财产分给了臣下。

为了登上征伐波斯的漫长征途,他必须买进种种军需品和粮食等物,为此他需要巨额的资金,但他把珍爱的财宝和他所有的土地,几乎全部都给臣下分配光了。

臣下之一的庇尔狄迦斯,深以为怪,便问亚历山大大帝:

"陛下带什么启程呢?"

对此,亚历山大回答说:

"我只有一个财宝,那就是'希望'。"

据说,庇尔狄迦斯听了这个回答以后说:"那么请允许我们也来分享它吧!"于是庇尔狄迦斯谢绝了分配给他的财产,而且臣下中的许多人也仿效了他的做法。

居里夫人和镭

1920年5月的一个早晨，一位叫麦隆内夫人的美国记者，几经周折终于在巴黎实验室里见到了镭的发现者。端庄典雅的居里夫人与异常简陋的实验室，给这位美国记者留下了深刻印象。此时，镭问世已经18年了，它当初的身价每克曾高达75万金法郎。美国记者由此推断，仅凭专利技术收入，应该早使眼前这位夫人富甲一方了。

但事实上，居里夫妇也正是在18年前就放弃了他们的权利，并毫无保留地公布镭的提纯方法。居里夫人的解释异常平淡："没有人应该因为镭致富，它是属于全人类的。"

麦隆内夫人困惑不解地问："难道这个世界上就没有你最想要的东西吗?"

"有，一克镭，以便我的研究。可18年后的今天我买不起，它的价格太贵了。"

这出乎意料的回答，使麦隆内夫人既感惊讶又非常不平静。镭的提纯技术已使世界各地的商人腰缠万贯，而镭的发现者却困顿至此!她立即飞回美国，打听出一克镭在美国当时的市价是10万美元，便先找了10个女百万富翁，以为同是女人，她们肯定会解囊相助，万万没想到却碰了壁。这使麦隆内夫人意识到，这不仅仅是一次金钱的募集，更是一场呼唤公众理解科学、弘扬科学家品格的社会教育。于是，她在全美妇女中奔走宣传、最终获得成功。1921年5月20日，美国总统将公众捐献的一克镭赠与居里夫人。

数年之后，当居里夫人在自己的祖国波兰华沙创设一个镭研究院，用于治疗癌症的时候，美国公众再次为她捐赠了第二克镭。

一些人认为，居里夫人在对待镭的问题上固执得让人难以理解，在专利书上签个字，所有的困难不是可以解决了吗?居里夫人在后来的自传中回答了这个问题："他们所说的并非没有道理，但我仍相信我们夫妇是对的，人类需要善于实践的人，

他们能从工作中取得极大的收获，既不忘记大众的福利，又能保障自己的利益，但人类也需要梦想者，需要醉心于事业的大公无私。”居里夫人一生拥有过 3 克镭，她把研究出的第一克镭给了科学，公众把第二克镭和第三克镭回赠给了她，这 3 克镭展示了一个科学家伟大的人格，并由此唤起公众对科学的理解。

英国首相

迪斯累利是一个犹太人,他的血管里流淌的是犹太人那种顽强不屈的血液,小的时候迪斯累利就对自己说:“我不是一个奴隶,我也不是一个俘虏,凭着我的精力,我可以战胜和跨越一切障碍。”尽管整个世界似乎都在和他作对,他却牢牢地记住了历史上那些不朽的犹太人的光辉业绩:约瑟,他是四千多年前埃及的最高主宰;丹尼尔,他是基督诞生前的五世纪世界上最伟大帝国的元首。

少年的壮志犹如燎原之火,希望和梦想成为一种激情,深深扎根于迪斯累利的现实生活之中。通过不懈的努力和抗争,迪斯累利从社会的最底层跨入了中产阶层的行列,接着,迪斯累利又雄心勃勃地杀入了上流社会,直到最终登上了权力金字塔的最高峰,成为了英国的首相。

当然,在他通往成功的道路上布满了荆棘和坎坷,他一一领略了世人的指责、白眼、蔑视、嘲讽,以及众议院里的嘘声。但是无论什么都无法阻挡迪斯累利前进的脚步和决心。面对所有的挑战,迪斯累利只是冷静地回答:“总有一天你们会认识我的价值,这样的一刻终会到来的。”事情的结果就如他说的那样,他希望的那一刻真的到来了,这位在世人的眼里根本没有希望的人终于出人头地了。在整整四分之一世纪的时间里,迪斯累利主宰了英国政治的沉浮。

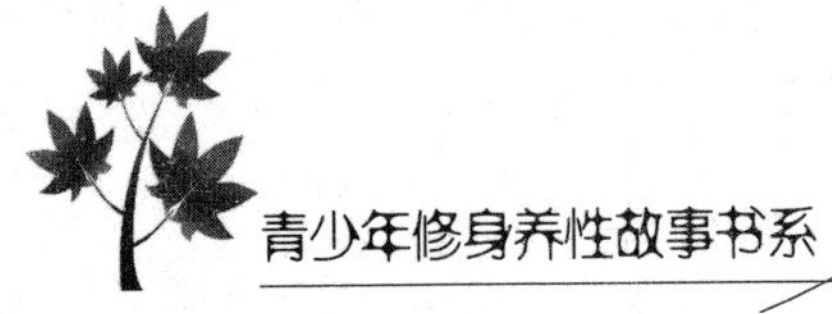

丘吉尔的演讲

英国首相丘吉尔的一生留下不少逸事。在第二次世界大战爆发之前,曾经有一段关于丘吉尔的逸事。当战争不可避免的时候,有一位政府官员说:“我认为事情完全绝望了。”丘吉尔却若无其事地说:“不错,已经到了无法形容的绝望地步。”接着他又说:“不过,我觉得自己似乎年轻了20岁。”

当我们陷入绝望状态时,总要想办法逃避,不过,丘吉尔却接受了绝望的现实,而决心振奋起来。

从心理学上说,感到绝望以及对令人绝望的状况有所了解,无疑是完全不同的精神活动。后者是客观地认识自己所处的状况,前者表示已经不能很客观地审视自己的处境。所以,当我们处在绝望中时,应该认清绝望不但能使心情变得很乐观,还可以使自己超出绝望之外。

在二次世界大战后功成身退,生活立刻由绚烂归于平静的丘吉尔,有一回应邀在剑桥大学毕业典礼上致辞。那天他坐在首席上,打扮一如平常,头戴一顶高帽,手持雪茄,一副怡然自乐的样子。

经过隆重但稍嫌冗长的介绍词之后,丘吉尔走上讲台,两手抓住讲台,注视着观众大约沉默了两分钟,然后他就用那种他独特的风范开口说:“永远,永远,永远不要放弃!”

接着又是长长的沉默,然后他又一次强调:“永远,永远,不要放弃!”最后在他再度注视观众片刻后蓦然回座。

无疑,这是历史上最短的一次演讲,也是丘翁最脍炙人口的一次演讲。但这些都不是重点,真正的重点是你愿意听取丘吉尔的忠告吗?

两国交战

某小国与邻邦的强国交战。双方的冲突与日俱增,终于使小国的使者与强国首相坐到谈判桌边上。

双方剑拔弩张，小国大使说:“我国拥有战舰 30 艘，飞机 80 架，足以攻溃贵国。”

强国首相轻蔑地笑道:“我们的战舰和飞机数量,多过你们 100 倍。”

小国大使仍不示弱,继续恐吓对方:“我国有 25000 人的精良部队,能够占领贵国。”

强国首相大笑:“我们拥有的军队,人数多过你们 100 倍。”谈判至此,小国大使显露慌张神色,表示必须先向国内请示之后,方能再继续谈下去。

当双方再度展开谈判时,小国大使的态度有了 180 度的转变,转为倾向妥协,向大国求和。

强国首相诧异对方态度的改变,以为小国被己方强盛国力所震撼,故而细问小国大使求和的原因。

小国大使神色自若地回答:“不是我们惧怕你们的兵力,而是我们的国土太小,实在容纳不下 250 万名的战俘。”

推销员

1895年10月的一天,一个年轻人来到了美国现金出纳机销售总公司,他找到了公司营业处的负责人约翰·兰奇先生。

他向约翰·兰奇先生表示说:"我……我希望能成为贵公司的一名推销员。""噢!你先试试吧。"约翰·兰奇先生没有与他说太多的话,只是让他去仓库领了几台出纳机。

两个星期过去了,年轻人走街串巷,可是一台出纳机也没卖出去。他只好又来到约翰·兰奇的办公室,希望这个前辈能够给他一些指导。"哼,我早就看出你不是干推销的那块料。瞧你一副呆头呆脑的样子,还不赶快给我从办公室里滚出去!你呀,老老实实回去好好学学吧。"

没想到约翰·兰奇竟然劈头大骂。

年轻人身材高大,而此时却被骂得无地自容。不过,他并没有丝毫的不满,只是默默地站在那里……最后,约翰·兰奇没有再发脾气,而是和蔼地说:"年轻人不要太着急了,让我们来好好地分析一下,为什么没有人买你的出纳机呢?"

约翰·兰奇像换了一个人,他请年轻人坐下,接着说:

"记住,推销不是一件容易的事。如果零售商都愿意要出纳机,他们就会主动购买,就用不着让推销员去费劲了;如果每个推销员都能轻而易举地把商品推销出去,那也是不正常的。推销是一门很深的学问,需要你认真学习和思考。这样吧,改日,我和你走一趟。如果我们俩一台出纳机都不能卖出去,那咱们俩都得回家了!"

几天后,约翰·兰奇带着年轻人上路。

年轻人非常珍惜这个宝贵的机会。他认真观察这个老推销员的一举一动。在一个顾客那里,约翰·兰奇耐心地为客户讲述出纳机的用处与好处,他说:"买一台出纳机可以防止现金丢失,还能帮助老板有条理地保管记录,这不是很好吗?再有,这

出纳机每收一笔款子,就会发出非常好听的铃声,让人心情愉快。"顾客微笑着倾听他的讲述,最后竟然真的买下了一台出纳机。

年轻人睁大眼睛看着一笔生意就这样谈成了。

后来,约翰·兰奇又带着这个年轻人到其他几个地方推销出纳机,也都一一成功了。

年轻人后来才知道,约翰·兰奇那天对他的粗暴行为,并不是真的看不上他,也不是因为其他的原因而拿他撒气,而是对推销员的一种训练方式——他先是将人的脸面彻底撕碎,然后告诉你应该怎样去做,以此来激发人的抗挫折能力和决心,调动人的全部智慧和潜能。

考试

相传,以前有个书生,屡试不第。适逢开科,书生欲往应试。行前晚上,书生做了三个怪梦,大惑,不知功名是否有望,特地去找善于解梦的岳母解说。登门,适逢岳母外出,姨妹接待说:“小妹我亦能解梦,姐夫但说无妨。有些难解之梦,母亲还来求我呢!”

书生犹豫片刻,说:“我第一个梦是梦见我家的墙头上孤零零地长了一棵草。”

姨妹说:“这是说你没有根基。”

书生又说:“第二个梦,是梦见我戴着斗笠打伞。”

姨妹解释:“这是说你多此一举。”

书生听了很扫兴。姨妹又问:“第三个梦呢?”

书生便说:“恐有冒犯,不说罢了。”

姨妹说:“自家人面前,不必拘礼。”

书生说:“第三个梦,是梦见我和你背靠背睡在床上。”

姨妹瞪了书生一眼道:“那是说你这辈子休想。”

书生听罢甚为懊恼,看来今生功名无望,失望而归。

行至半道,恰遇岳母,遂告之。岳母闻言大喜,连说好兆。书生不解,岳母回答说:“第一个梦,墙头上孤零零地长了一棵草,是说你高人一等;第二个梦,戴着斗笠打伞,是说你官(冠)上加官(冠)。”书生眉头渐展,急忙问:“第三个梦又作何解释呢?”岳母回答:“那是说你总有翻身的时候。”

书生听了,喜至眉梢。立即收拾行李进京应试。

未实现的27个梦

五官科病房里同时住进来两位病人,都是鼻子不舒服。在等待化验结果期间,甲说,如果是癌,立即去旅行,并首先去拉萨。乙也同样如此表示。结果出来了。甲得的是鼻癌,乙长的是鼻息肉。

甲列了一张告别人生的计划表离开了医院,乙住了下来。甲的计划表是:去一趟拉萨和敦煌;从攀枝花坐船一直到长江口;到海南的三亚以椰子树为背景拍一张照片;在哈尔滨过一个冬天;从大连坐船到广西的北海;登上天安门;读完莎士比亚的所有作品;力争听一次瞎子阿炳原版的《二泉映月》;写一本书。凡此种种,共27条。

他在这张生命的清单后面这么写道:我的一生有很多梦想,有的实现了,有的由于种种原因没有实现。现在上帝给我的时间不多了,为了不遗憾地离开这个世界,我打算用生命的最后几年去实现还剩下的这27个梦。

当年,甲就辞掉了公司的职务,去了拉萨和敦煌。第二年,又以惊人的毅力和韧性通过了成人考试。这期间,他登上过天安门,去了内蒙古大草原,还在一户牧民家里住了一个星期。现在这位朋友正在实现他出一本书的夙愿。

有一天,乙在报上看到甲写的一篇散文,打电话去问甲的病。甲说,我真的无法想象,要不是这场病,我的生命该是多么的糟糕。是它提醒了我,去做自己想做的事,去实现自己想去实现的梦想。现在我才体味到什么是真正的生命和人生。你生活得也挺好吧!乙没有回答。因为在医院时说的,去拉萨和敦煌的事,早已因患的不是癌症而放到脑后去了。

谁是英雄

很久很久以前,在一个很远的部落,一位老酋长正病危。

他让人找来村中最优秀的三个年轻人,对他们说:“这是我要离开你们的时候了,我要你们为我做最后一件事。你们三个都是身强体壮而又智慧过人的好孩子,现在,请你们尽可能地去攀登那座我们一向奉为神圣的大山。你们要尽可能爬到最高的、最凌越的地方,然后,折回头来告诉我你们的见闻。”

三天后,第一个年轻人回来了,他笑生双靥,衣履光鲜:“酋长,我到达山顶了,我看到繁花夹道,流泉淙淙,鸟鸣嘤嘤,那地方风景优美,扣人心弦。”

老酋长笑笑说:“孩子,那条路线我当年也走过,你说的鸟语花香的地方不是山顶,而是山麓。你回去吧!”

一周后,第二个年轻人也回来了,他神情疲倦,满脸风霜:“酋长,我到达山顶了,我看到高大肃穆的松树林,我看到秃鹰盘旋,那是一个好地方。”

“可惜啊!孩子,那不是山顶,那是山腰。不过,也难为你了,你回去吧!”

一个月过去了,大家开始为第三位年轻人的安危担心,他却一步一蹭,衣不蔽体地回来了。他发枯唇燥,只剩下清炯的眼神:

“酋长,我终到达山顶。但是,我该怎么说呢?那里只有高风悲旋,蓝天四垂。”

“你难道在那里一无所见吗?难道连蝴蝶也没有一只吗?”

“是的,酋长,高处一无所有。我所能见到的,只有我自己,只有‘个人’被放在天地间的渺小感,只有想起千古英雄的悲壮心情。”

“孩子,你到的是真正的山顶。按照我们的传统,天意要立你做酋长,祝福你。”

我不爱跳伞

越战时,美国最高统帅魏摩尔将军检阅伞兵,一一询问他们的体验和感受。

第一位伞兵不假思索地脱口而出:“我爱跳伞!”

第二位伞兵也亢奋热情地说:“跳伞是我生命中最重要的体验!”

魏摩尔将军频频点头,觉得部队士气高昂。

轮到了第三位伞兵,哪知答案竟是:“我不爱跳伞!”

气氛大变,魏摩尔将军非常不解地问:“那你为什么选择当伞兵呢?”

这位伞兵面不改色地回答:“我希望跟这些热爱跳伞的人在一起,他们可以改变我。”

这是安泰人寿从业人员经常谈起的一则故事。在安泰的企业文化里,他们相信“成功者吸引成功者”。修过领导经理人课程的上班族都知道所谓的“领导者”的定义,他身边一定要有一群心悦诚服的追随者。

领袖性格的存在,与职位高低、权势大小无关,只有热爱生命、乐于奉献生命,才能鼓动和号召人们踩着你的脚印前进。这也是大家应该慎重选择工作的原因,因为领导者的理念决定着我们职业生涯的方向。

IBM 与苹果是两家截然不同的计算机公司,前者以处理大量资料立于不败之地,后者则以图像处理独霸全球,这取决于两家公司的经营理念。

IBM 员工的桌前常摆着一块座右铭,写着 ThinkBig(宽宏),以此鼓励他们要有更大的想象空间、更开阔的视野、更宽敞的胸怀。

苹果公司的同仁也信守一句话,ThinkDifferent (另类),不断地要求自己要有创意、有新观念、有新方法。

如果你是一个具有 IBM 意识形态的人,就会认同“想得大”,如果你是苹果类型的人,就会明了“想得不同”对自己一生的意义。

而你所服务的对象也会不同,在苹果客户之中,许多都是视觉创作者,而 IBM 客户大部分以从事资料分析为主。

使对方立即说“是”

有一个叫亚力森的推销员，他费了很大的劲，才卖了两台发动机给一家大工厂的工程师。他决心要卖给他几百台发动机，因此几天后又去找他。没想到那位工程师说：“亚力森，你们公司的发动机太不理想了。虽然我需要几百台，但我不打算要你们的。”

亚力森大吃一惊，问：“为什么？”

“你们的发动机太热了，热得我的手都不能放上去。”

跟他争辩是不会有好处的，亚力森急忙采用另一种策略。他说：“史密斯先生，我想你说的是对的，发动机太热了，谁都不愿意再买。你要的发动机的热度，不应该超过有关标准，是吗？”

“是的。”

“电器制造公会的规定是：设计适当的发动机可以比室内温度高出华氏72度，是吗？”

“是的。”

“那你的厂房有多热呢？”“大约华氏75度。”

“这么说来，72度加75度一共是147度。把手放在华氏147度的热水塞下面，想必一定很烫手，是吗？”

亚力森得到了第三个“是”。紧接着他提议说：“那么，不把手放在发动机上行吗？”

“嗯，我想你说得不错。”工程师赞赏地笑起来。他马上把秘书叫来，开了一张价值35000美元的订单。

霍布森选择

1631年,英国剑桥有一个做马匹生意的商人名叫霍布森,他在卖马时承诺:买或是租我的马,只要给一个低廉的价格,可以随意选。但他又附加了一个条件:只允许挑选能牵出圈门的那匹马。其实这是一个圈套。他在马圈上只留一个小门,大马、肥马、好马根本就出不去,出去的都是些小瘦马、懒马。显然,他的附加条件实际上就等于告诉顾客不能挑选。大家挑来挑去,自以为完成了满意的选择,其实选择的结果可想而知。这种没有选择余地的所谓挑选,被人们讥讽为"霍布森选择"。

一个企业家在挑选部门经理时,往往只局限于在自己的圈子里挑选人才,选来选去,再怎么公平、公正和自由,也只是在小范围内进行挑选,很容易出现"霍布森选择"的局面,甚至出现"矮子里拔将军"的惨淡状况。

在"霍布森选择"中,人们自以为做出抉择,而实际上思维和选择的空间都是很小的。有了这种思维的自我僵化,当然不会有创新,所以它更是一个陷阱,让人们在进行伪选择的过程中自我陶醉而丧失了创新的时机和动力。

美国经济学家威廉·鲍莫尔曾指出,高科技产业中竞争非常激烈,要想生存下来,企业必须在政府及企业自己资助的基础研究项目中,最大限度地投入资金,开发新材料、新设备、新系统、新方法和新模型。换句话说,要么创新,要么束手待毙。

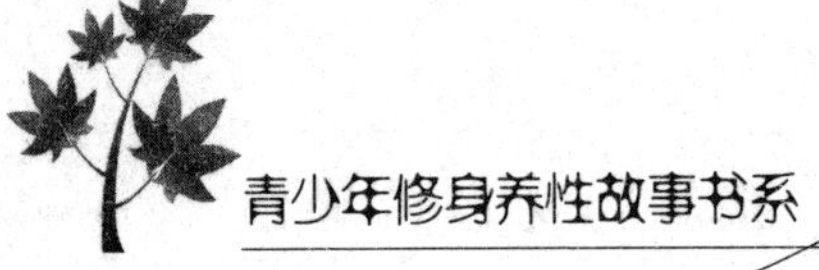

拒绝冰淇淋的美味

在美国旧金山有一家知名的芭蕾舞团，一位记者曾去采访剧团的首席女芭蕾舞星，当记者问她“您最喜爱的食物是什么”时，这位美丽动人的舞蹈家兴奋地回答：“冰淇淋圣代!”记者对这个答案颇感讶异，因为这种甜食含有很多的热量，吃多了会使体重增加，这对舞蹈演员可是致命的打击啊!这位记者又继续问道：“那你隔多久会让自己放纵一次呢?”女舞蹈家的回答是：“我至少有 15 年没有尝过那种美妙的滋味了!”

1928 年，当英国首富威斯敏斯特公爵第一次和可可·夏奈尔用餐后，公爵便爱上了她。他随即展开的追求攻势是任何女人都无法抵挡的——每天夏奈尔都能收到一份别出心裁的礼物，有时是一篮来自苏格兰的鲜花，有时则是一枚天价的古董胸针。如果夏奈尔愿意嫁给公爵，她不仅可以得到公爵夫人的称号，而且，她将成为欧洲最富有的女性之一。

但是，经过 6 年的缠绵后，当公爵夫人的头衔有可能限制夏奈尔发展自己的时装帝国时，夏奈尔最终还是放弃了这段感情，因为“有成堆的公爵夫人，但是，可可·夏奈尔只有一个”。历史庆幸于这个决定，否则，世界上就没有 Chanel 这个令无数女人心动的品牌了!

好运气缘何降临七次

经济萧条时期,钱很难赚。一位孝顺的小男孩,实在看不下去父母起早贪黑地工作却无法维持全家的温饱，所以偷偷溜到大街上想找个工作。他的运气还算不错,真的有一家商铺想招一个小店员。小男孩就跑去试。结果,跟他一样,共有七个小男孩都想在这里碰碰运气。店主说:“你们都非常棒,但遗憾的是我只能要你们其中的一个。我们不如来个小小的比赛,谁最终胜出了,谁就留下来。”

这样的方式不但公平,而且有趣,小家伙们当然都同意。店主接着说:“我在这里立一根细钢管,在距钢管 2 米的地方画一条线,你们都站在线外面,然后用小玻璃球投掷钢管,每人十次机会,谁掷准的次数多,谁就胜了。”

结果天黑前谁也没有掷准一次,店主只好决定明天继续比赛。

第二天,只来了三个小男孩。店主说:“恭喜你们,你们已经成功地淘汰了四个竞争对手。现在比赛将在你们三个人中间进行,规则不变,祝你们好运。”

前两个小男孩很快掷完了,其中一个还掷准了一次钢管。

轮到这位有孝心的小男孩了。他不慌不忙走到线跟前，瞅准立在 2 米外的钢管,将玻璃球一颗一颗地投掷出去。他一共掷准了七下。

店主和另两个小男孩十分惊诧:这种几乎完全靠运气的游戏,好运气为什么会一连在他头上降临七次?

店主说:“恭喜你,小伙子,最后的胜者当然是你,可是你能告诉我,你胜出的诀窍是什么吗?”

小男孩眨了眨眼睛说:“本来这比赛是完全靠运气的,不是吗?但为了赢得这运气,昨天我一晚上没睡觉,都在练习投掷。”

带着梦想起飞

几年以前的一个炎热的日子,一群人正在铁路的路基上工作。这时,一列缓缓开来的火车打断了他们的工作。火车停了下来,最后一节车厢的窗户——顺便说一句,这节车厢是特制的并且带有空调——被人打开了。一个低沉的、友好的声音响了起来:“大卫,是你吗?”大卫·安德森——这群人的负责人回答说:“是我,吉姆,见到你真高兴。”于是,大卫·安德森和吉姆·墨菲——铁路的总裁,进行了愉快的交谈。在长达一个多小时的愉快交谈之后,两人热情地握手道别。大卫·安德森的下属立刻包围了他。他们对于他是墨菲铁路总裁的朋友这一点感到非常震惊。大卫解释说,二十多年以前他和吉姆·墨菲是在同一天开始为这条铁路工作的。

其中一个人半认真半开玩笑地问大卫,为什么他现在仍在骄阳下工作,而吉姆·墨菲却成了总裁。大卫非常惆怅地说:“23 年前我为 1 小时 1.75 美元的薪水而工作,而吉姆·墨菲却是为这条铁路而工作。”

美国潜能成功学大师安东尼·罗宾说:“如果你是个业务员,赚 1 万美元容易,还是 10 万美元容易?告诉你,是 10 万美元!为什么呢?如果你的目标是赚 1 万美元,那么你的打算不过是能糊口便成了。如果这就是你的目标与你工作的原因,请问你工作时会兴奋有劲吗?你会热情洋溢吗?”

推销员的智慧

齐格是一位烹调设备的推销员,他推销的现代烹调设备,每套价格 395 美元。

一次,有个城镇正在举行大型的集会,齐格知道消息后马上赶了过去,在集会场所示范着这套烹调器,并强调它能节省燃料费用,他还把烹好的食品散发给人们,免费请大家品尝。

这时,有位看客一边吃着食品,一边咂咂嘴说:“味道不错,不过,我对你说,你这设备再好,我也不会买的。400 美元买一套锅,真是天大的笑话!”此话一出,周围顿时响起一片哄笑声。

齐格抬眼看看说话人,这人他认识,是当地一位著名的守财奴。他想了想,就从身上掏出一张 1 美元,把它撕碎扔掉,问守财奴:“你心疼不心疼?”

守财奴吃了一惊,但马上就镇定自若地说:“我不心疼,你撕的是你的钱,如果你愿意,你尽管撕吧!”

齐格笑了笑,说:“我撕的不是我的钱,而是你的钱。”

守财奴一听,惊讶不已:“这怎么是我的钱?”

齐格说:“你结婚 20 多年了,对吧?”“是的,不多不少 23 年。”守财奴说。

齐格说:“不说 23 年,就算 20 年吧。一年 365 天,按 360 天计,使用这个现代烹调设备烧煮食物,一天可节省 1 美元,360 天就能节省 360 美元。这就是说,在过去的 20 年内,你没使用烹调器就浪费了 7200 美元,不就等于白白撕掉了 7200 美元吗?”

接着,齐格盯着守财奴的眼睛,一字一顿地说:“难道今后 20 年,你还要继续再撕掉 7200 美元吗?”

侥幸的几率

一家高级轿车代理商的总经理，决定从两位业务主管当中选出一位来接替他的位子。于是他找来两位候选人，说出他的目的后，布置一项任务，来评估谁会比较合适成为他的继承者。

老总布置的任务很简单，他说德国原厂 50 辆最新款的轿车就要运抵，他想给这两位业务主管三个月的时间，看谁卖得最多，谁就是新的总经理。

只是老总特别向他们强调一点，原厂告知，这款车有一个电子零件有瑕疵，瑕疵现象的发生几率只有 50%，但因为这个瑕疵不会影响到行车及安全性，所以原厂没有计划主动召回车子。但是若瑕疵现象真的发生了，则零件要等三个月后，才能运抵并帮客人换修。

两位候选人都相当有信心，因为根据销售记录，他们两人都具有在三个月内卖掉 30 辆车的实力。

但最后的销售状况却出现很大的落差，因为在三个月竞赛期满的时候，其中一个业务主管卖出了 49 辆，但另外一位却一辆也没卖出。

老总对这样的结果感到很纳闷，他调出过去三个月来这两位竞争者的销售日报表，他惊讶地发现，两人的来客数及试车数不相上下，但销售量却大相径庭。好奇的老总于是央请一位朋友乔装成顾客，分别向这两位候选人买车。

经过详细的介绍，并且煞有介事的试驾这款新车后，老总的朋友很满意地向那位已卖出四十九辆的业务主管说："请问最快何时可以交车？""可以立刻交车。"老总的朋友回答说两天内决定。

第二天，老总的朋友向另一位没卖一辆的业务主管试车后，问："请问最快何时可以交车？""三个月。""为何要这么久？""因为此款车进量有限，我的配额刚好卖完，若您急着要车，我可以介绍您向我的同事购买，他还有最后一辆！"

老总在听完朋友的叙述后，好奇地找来那位落败的主管，问他为何要将客户往竞争对手那里推。“听说，在卖出去的 49 辆中，有 30 辆是你介绍的。为什么要这样做?”这位主管说：“从员工的角度，我有达成销售的责任，因此不能停止销售这 50 辆车；但从自己的角度，我无法卖一辆事先知道有瑕疵、却没有零件可以更换的车子给客人，这跟我自己的原则相抵触。所以在向客人介绍时，我都如实告知此瑕疵。虽然造成最后别人卖得比我多，但如果他被您选为总经理，就表示您比较在乎业绩，比较不在乎诚信。从职场生涯角度看，我也应该不合适这样的企业文化。”

就在这个时候，那位卖了 49 辆车的业务主管走进办公室，脸色不大好看地拿一张文件给老总，说这是德国原厂发的电子邮件，上面写着：“25 件备品要再延迟 30 天才能交货。”

这位业务主管不安地对老总说：“又要延迟 30 天，我有好多客户吵着要退车!”老总问：“有几位?”业务主管说：“25 位。”

25 位刚好是 50 辆的一半，有趣的 50%侥幸几率，逃都逃不掉，50%的零件瑕疵率全部都出现了。

我们都知道，你若投 100 次的硬币，正反面的几率各是 50%。换句话说，谁都无法左右侥幸的几率，因为它最多只有 50%；但剩下的 50%却是你可以 100%做主。

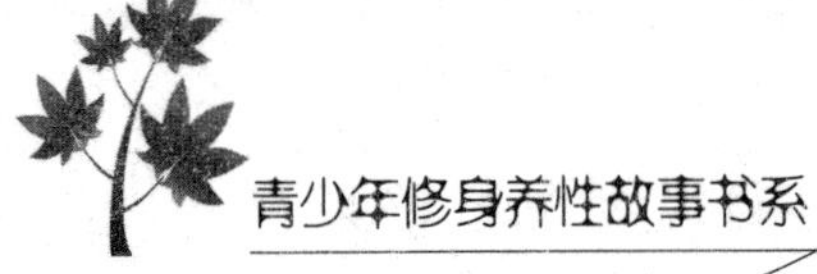

你想要的轿车

在每位法律系学生上的第一堂课里，教授会告诉他们："当你盘问证人席的嫌犯时,不要问事先不知道答案的问题。"

相同的训诫也可以用在销售上。辩护律师如果不事先知道答案就盘问证人,会为他自己惹来很多麻烦,同样的情形也会发生在你身上。

绝对不要问只有"是"与"否"两个答案的问题,除非你十分肯定答案是"是"。

例如,我不会问客户:"你想买双门轿车吗?"我会说:"你想要双门还是四门轿车?"

如果你用后面这种二选一的问题,你的客户就无法拒绝你。相反的,如果你用前面的问法,客户很可能会对你说:"不。"下面有几个二选一的问题:"你比较喜欢三月一号还是三月八号交货?"

"发票要寄给你还是你的秘书?"

"你要用信用卡还是现金付账?"

"你要红色还是蓝色的汽车?"

"你要用货运还是空运的?"

你可以看见,在上述问题中,无论客户选择哪个答案,业务员都可以顺利做成一笔生意。你可以站在客户的立场来想这些问题。如果你告诉业务员你想要蓝色的车子,你会开票付款,你希望三月八日请货运送到你家之后,就很难开口说:"噢,我没说我今天就要买。我得考虑一下。"

因为一旦你回答了上面的问题,就表示你真的要买。就像辩护律师问:"你已经停止打老婆了吗?" 这问题带有明显的假设 (请注意，这问题不是:"你有没有打老婆?")。证人席的嫌犯如果回答了上面的问题,等于自动认罪。

养成经常这样说的好习惯:"难道你不同意……"。

例如:“难道你不同意这是一部漂亮的车子,客户先生?”“难道你不同意这块地可以看到壮观的海景，客户先生?”“难道你不同意你试穿的这件貂皮大衣非常暖和,客户女士?”“难道你不同意这价钱表示它有特优的价值,先生?”此外,当客户赞同你的意见时,也会衍生出肯定的回应。

我认为推销给两个或更多人时,如果能问些需要客户同意的问题,将会特别有效。举例来说,当某家的先生、太太和十二个小孩共乘一辆车子上街买东西时,我会问这位太太:“遥控锁是不是最适合你家?”她通常会同意我的看法。

接着我会继续说:“我打赌你也喜欢四门车。”因为他们是个大家庭,我知道他们只能考虑四门车。她会说:“哦,是的,我只会买四门车。”在一连串批评车子的性能之后,这位先生猜想他太太有意买车,因为她对我的看法一直表示赞同。

正因如此,到了要成交的时候,我已经排除先生得征求太太意见的这项因素。然后,我会说服他答应,他们彼此都认为对方想买这辆车,没有必要再召开家庭会议讨论,我也得到这张订单了。

只有“付出”，才能“杰出”

在报纸上看到一篇关于一位琴童在国际大奖赛中摘得桂冠的报道。我当时并不感到震惊，因为时下国内学钢琴的少年有许多，弹得一手好钢琴的也不在少数。接着往下读，报道中列举的两个问题，却深深拨动了我的心弦。

问题一：你能每天在钢琴前坐上11个小时吗？

我略加思索，恐怕很难。11个小时就是39600秒，一个坐姿坚持39600秒，那该多么难耐！

问题二：你能连续11个小时反复练习弹奏同一支曲子吗？

在琴凳上持续坐11个小时已是难事，反复练习弹奏同一支曲子，岂不难上加难！其间必将充斥太多的单调、枯燥、乏味！

报道最后披露，以上两点正是琴童成功的法宝。我长嘘一声，这也难怪这位琴童能在国际大奖赛中一举夺魁了！

我参加过高考，不过没能拿到状元。去年的秋天，我有幸结识了一位高考文科女状元。近距离的、朋友式的交流，使我窥探到了女状元生活的B面。她对我说，每天早晨无论刮风下雨，她都会坚持跑步3000米；每天凌晨1点前，她从来没有睡过觉……这两个数字令我汗颜！当然，每位高考状元都有一本属于自己的“状元经”，未必每个人都如她一样晨练、熬夜，但我想，每位高考状元的成功之路必然都包含着类似艰辛的“付出”。

曾经有一套畅销书在排行榜上高居首位长达数月。因为喜欢这套图书，我开始关注其作者。这套畅销书作者还不太习惯用电脑写作，喜欢用手书写稿件。他身高1.72米，可是，他已经成文或者写废的手稿叠加起来竟高达1.74米，比他的身高还要高出2厘米！这1.74米高的手稿，全是由他一笔一笔写就的、一个字一个字码成的。写作期间，因为伏案久坐，这位1.72米的作者患上了颈椎病，曾经无数次地贴膏药、看医生，他的超乎寻常的付出终于换来图书的畅销佳绩，给他的人生涂上了艳丽的一笔。

成功只是多说一句话

大专毕业的阿琳因为一时找不到工作，只好进了一家百货公司做营业员。尽管别人都认为她做营业员太可惜，但她却很珍惜这份工作。阿琳热情周到的服务很快便得到了顾客和领导的好评。

阿琳所在的柜组前面有道不起眼的台阶，时常会有顾客经过时不小心被绊一下。所以每当有不知情的顾客经过时，阿琳总是善意地提醒一句："请小心前面的台阶。"别的同事见了都总是笑她多此一举，那些人又不买自己柜组的商品，管那闲事干吗。阿琳对此也从不争辩，总是一笑置之。

一天，公司老总进行巡视时正巧经过那道台阶，阿琳还是像以前一样习惯性地提醒说请小心前面的台阶。老总一愣，但很快便明白了是怎么回事，他没有说什么，只是看着阿琳，脸上流露出一种赞赏的笑容。很快阿琳便被提升为柜组组长，一年之后，她成了这家公司的副总经理。

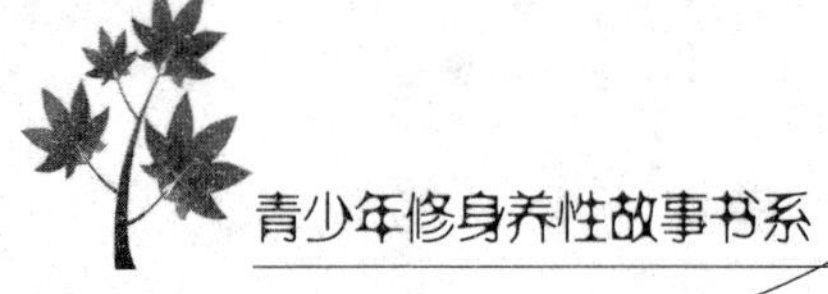

安然的总裁

一个城里男孩 kenny 移居到了乡下，从一个农民那里花 100 美元买了一头驴，这个农民同意第二天把驴带来给他。

第二天农民来找 kenny，说："对不起，小伙子，我有一个坏消息要告诉你，那头驴死了。"

kenny 回答："好吧，你把钱还给我就行了!"

农民说："不行，我不能把钱还给你，我已经把钱给花掉了。"

kenny 说："好吧，那么就把那头死驴给我吧!"

农民很纳闷："你要那头死驴干吗?"

kenny 说："我可以用那头死驴作为幸运抽奖的奖品。"

农民叫了起来："你不可能把一头死驴作为抽奖奖品，没有人会要它的。"

kenny 回答："别担心，看我的。我不告诉任何人这头驴是死的就行了!"

几个月以后，农民遇到了 kenny。

农民问他："那头死驴后来怎么样了?"

kenny："我举办了一次幸运抽奖，并把那头驴作为奖品，我卖出了 500 张票，每张 2 块钱，就这样我赚了 998 块钱!"

农民好奇地问："难道没有人对此表示不满?"

kenny 回答："只有那个中奖的人表示不满，所以我把他买票的钱还给了他!"

许多年后，长大了的 kenny 成为了安然公司的总裁。

责任感创造奇迹

几年前，美国著名心理学博士艾尔森对世界100名各个领域中杰出人士做了问卷调查,结果让他十分惊讶——其中61名杰出人士承认,他们所从事的职业,并不是他们内心最喜欢做的,至少不是他们心目中最理想的。

这些杰出人士竟然在自己并不喜欢的领域里取得了那样辉煌的业绩，除了聪颖和勤奋之外,究竟靠的是什么呢?

带着这样的疑问,艾尔森博士又走访了多位商界英才。其中纽约证券公司的金领丽人苏珊的经历,为他寻找满意的答案提供了有益的启示。

苏珊出身于中国台北的一个音乐世家,她从小就受到了很好的音乐启蒙教育,非常喜欢音乐,期望自己的一生能够驰骋在音乐的广阔天地,但她阴差阳错地考进了大学的工商管理系。一向认真的她,尽管不喜欢这一专业,可还是学得格外刻苦,每学期各科成绩均是优异。毕业时被保送到美国麻省理工学院,攻读当时许多学生可望而不可即的MBA,后来,她又以优异的成绩拿到了经济管理专业的博士学位。

如今她已是美国证券业界风云人物,在被调查时依然心存遗憾地说:“老实说,至今为止,我仍不喜欢自己所从事的工作。如果能够让我重新选择,我会毫不犹豫地选择音乐。但我知道那只能是一个美好的‘假如’了,我只能把手头的工作做好了……”

艾尔森博士直截了当地问她:“既然你不喜欢你的专业,为何你学得那么棒?既然不喜欢眼下的工作,为何你又做得那么优秀?”

苏珊的眼里闪着自信,十分明确地回答:“因为我在那个位置上,那里有我应尽的职责,我必须认真对待。”“不管喜欢不喜欢,那都是我自己必须面对的,都没有理由草草应付,都必须尽心尽力,尽职尽责,那不仅是对工作负责,也是对自己负责。有责任感可以创造奇迹。”。

艾尔森在以后的继续的走访中,许多的成功人士对之所以能出类拔萃的反思,与苏珊的思考大致相同——因为种种原因,我们常常被安排到自己并不十分喜欢的领域,从事了并不十分理想的工作,一时又无法更改。这时,任何的抱怨、消极、懈怠,都是不足取的。唯有把那份工作当做一种不可推卸的责任担在肩头,全身心地投入其中,才是正确与明智的选择。正是在这种“在其位,谋其政,尽其责,成其事”的高度责任感的驱使下,他们才赢得了令人瞩目的成功。

艾尔森博士的调查结论,使人想到了我国的著名词作家乔羽。最近,他在中央电视台艺术人生节目里坦言,自己年轻时最喜欢做的工作不是文学,也不是写歌词,而是研究哲学或经济学。他甚至开玩笑地说,自己很可能成为科学院的一名院士。不用多说,他在并非最喜欢和最理想的工作岗位上兢兢业业,为人民做出了家喻户晓、人人皆知的贡献。

商人与支票

年关将近，一个小商人辛辛苦苦地赶出一批货，交给一个新客户。交货之后，左等右等也等不到客户将货款电汇回来。

过了两个星期之后，小商人终于按捺不住，便亲自搭乘夜班火车，赶到那个客户的公司，苦等几个钟头之后，对方才出现。小商人磨了半天，才取到那笔为数十万元的支票。

小商人拿着客户开来的现金支票，火速赶到发出支票的银行。希望能够立刻换得现款，准备过年应急之用。

不料，当他将支票交给银行柜台小姐时，对方却告诉他，这个账号的户头已经有很长的一段时间没有往来资金，而且，在那个账号内的存款也不足，他的支票根本无法兑现。

小商人顿时明白，这是那个刁钻的客户故意为难他的小动作，当下便想再冲回客户的公司，和那客户大吵一架。但小商人做事一向小心谨慎，在准备离开银行之前，向银行小姐简单地讲了自己的窘困状况，并询问柜台小姐，既然他的支票因对方存款不足而遭到退票，那么对方究竟差了多少钱?

由于他的诚恳，柜台小姐也热心地帮他查询，得到的结果是，户头内只剩下九万八千元，与他的支票金额相差两千块钱。

果然不出所料，那个客户是存心要和他过不去，看来这笔货款有点悬乎。

小商人转念想了想，灵机一动，很快地从身上掏出两千元钞票，央求柜台小姐帮他存入那个客户的账号内，补足支票面额的十万元，再将那张支票轧进去，终于顺利地取到钱。

希望与成功

听说过这样一个故事吗?当年,美国曾有一家报纸刊登了一则园艺所重金征求纯白金盏花的启事,在当地一时引起轰动。高额的奖金让许多人趋之若鹜,但在千姿百态的自然界中,金盏花除了金色的就是棕色的,想培植出白色的,不是一件易事。所以许多人一阵热血沸腾之后,就把那则启事抛到九霄云外去了。

一晃就是 20 年,一天,那家园艺所意外地收到了一封热情的应征信和 1 粒纯白金盏花的种子。当天,这件事就不胫而走,引起轩然大波。

寄种子的原来是一个年已古稀的老人。老人是一个地地道道的爱花人。当她 20 年前偶然看到那则启事后,便怦然心动。她不顾八个儿女的一致反对,义无反顾地干了下去。她撒下了一些最普通的种子,精心侍弄。一年之后,金盏花开了,她从那些金色的、棕色的花中挑选了一朵颜色最淡的,任其自然枯萎,以取得最好的种子。次年,她又把它种下去。然后,再从这些花中挑选出颜色更淡的花的种子栽种……日复一日,年复一年。终于,在 20 年后的一天,她在那片花园中看到一朵金盏花,它不是近乎白色,也并非类似白色,而是如银如雪的白。一个连专家都解决不了的问题,在一个不懂遗传学的老人手中迎刃而解,这是奇迹吗?

当年曾经那么普通的一粒种子啊,也许谁的手都曾捧过。捧过那样一粒再普通不过的种子,只是少了一份对希望之花的坚持与捍卫,少了一份以心为圃、以血为泉的培植与浇灌,才使你的生命错过了一次最美丽的花期。种在心里,即使一粒最普通的种子,也能长出奇迹!

这个故事告诉我们, 只要我们心中存在希望, 只要我们心中有一颗希望的种子,那么就一定会创造出奇迹……

生命的价值

在一次讨论会上，一位著名的演说家没讲一句开场白，手里却高举着一张 20 美元的钞票。

面对会议室里的 200 个人，他问："谁要这 20 美元?"一只只手举了起来。

他接着说："我打算把这 20 美元送给你们中的一位，但在这之前，请准许我做一件事。"

他说着将钞票揉成一团，然后问："谁还要?"仍有人举起手来。

他又说："那么，假如我这样做又会怎么样呢?"他把钞票扔到地上，又踏上一只脚，并且用脚碾它。

尔后他拾起钞票，钞票已变得又脏又皱。

"现在谁还要?"还是有人举起手来。

"朋友们，你们已经上了一堂很有意义的课。无论我如何对待那张钞票，你们还是想要它，因为它并没贬值，它依旧值 20 美元。

人生路上，我们会无数次逆境击倒甚至碾得粉身碎骨。我们觉得自己似乎一文不值。但无论发生什么，或将要发生什么，在上帝的眼中，你们永远不会丧失价值。

在他看来，肮脏或洁净，衣着齐整或不齐整，你们都是无价之宝。"

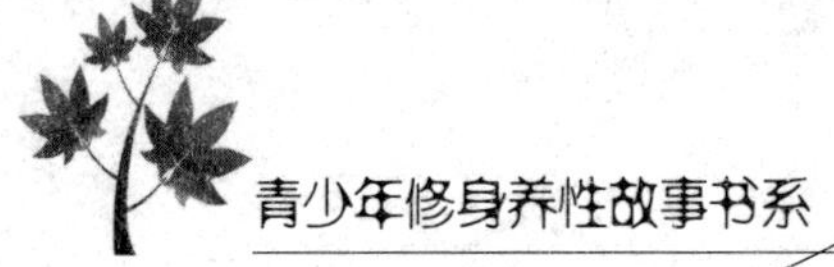

昂起头来真美

珍妮是个总爱低着头的小女孩，她一直觉得自己长得不够漂亮。有一天，她到饰物店去买了只绿色蝴蝶结，店主不断赞美她戴上蝴蝶结挺漂亮，珍妮虽不信，但是挺高兴，不由昂起了头，急于让大家看看，出门与人撞了一下没在意。

珍妮走进教室，迎面碰上了她的老师。“珍妮，你昂起头来真美!”老师爱抚地拍拍她的肩说。那一天，她得到了许多人的赞美。她想一定是蝴蝶结的功劳，可往镜前一照，头上根本就没有蝴蝶结，一定是出饰物店时与人一碰弄丢了。

自信原本就是一种美丽，而很多人却因为太在意外表而失去很多快乐。

女人的自负

对于女性而言，重新认识一下“自负”这个词非常有益，它可以使女性坚信，美是自身固有的品质。有人说自负就是把自己看得太高。根据这种解释，如果要避免自负，就必须对自己形象有个准确的描述。依靠什么作为描述的标准呢?难道根据世人的眼光来评价自己的外貌是否真的美吗？难道要凭借别人的口味来了解自己完美的程度吗？显然，这是不可能的，也是不应该的。为了使自己具有美感，女性应该是自负的。

索菲娅·罗兰在开始演员生涯时，曾有个绰号叫“长颈鹿”。她说：“我的个子太高，而且不协调”。“没有谁认为我有什么特别美的地方，但所有的人却都知道我很高傲。起初人们只是对信心产生印象，逐渐的，他们认为这就是美。”索菲娅还举了这样一个相反的例子：“我有位女友，她总是太忌自己的身高，以致她给人的印象总想躲起来才好。尽管她很漂亮，但却没有机会显示自己的魅力。”

女性在追求美的过程中可能会走很多弯路。如果对自己的相貌毫无信心，则势必成为某些百货商或美发师、化妆师们怜悯的对象。他们所提出来的，只能是些关于如何打扮得所谓“时髦”的建议，而这些建议一般来说都只是表面的。人们经常可以见到，有些女性时常随着潮流在变换自己的美，但结果却总是弄巧成拙。所有的女性都需要有一种自负感，不追时髦，不盲目模仿他人，努力表现自己的独特的美。

真正的勇气

三名海军上将谈论起什么是真正的勇气。德国将军说:“我告诉你们什么是勇气。”说完他招来一名水手。“你看见那根100米高的旗杆子吗?我希望你爬到顶端,举手敬礼,然后跳下来!”

德国水手立即跑到旗杆前,迅速爬到顶上,漂亮地敬了个礼,然后跳下来。“嗬,真出色!”美国将军称赞说。他对一名美国水兵命令道:“看见那根200米高的旗杆了吗?我要你爬到顶,敬礼两次,然后跳下来。”美国水兵非常出色地执行了命令。“啊,先生们,这真是一次令人难忘的表演。”英国将军说,“但我现在要告诉你们,我们皇家海军对勇气的理解。”他命令一名水手:“我要你攀上那根高300米的旗杆顶端,敬礼三次,然后跳下来。”“什么?要我去干这种事?先生你一定神经错乱了!”英国水手瞪大眼睛叫了起来。“瞧,先生们,”英国将军得意地说,“这才是真正的勇气。”

试试别说

有位做母亲的很苦恼，苦于与她那上小学的儿子不能沟通。她苦口婆心地与他谈、谈、谈，却总是没有效果。这一天儿子在学校又惹了事，母亲却突发喉炎失了音，当她拉着孩子的手与他面对面坐下时，她急啊、气啊，可不能说一句话，只是紧紧地将孩子的手握在手心，很久。第二天儿子对母亲说：妈妈，你昨天什么都没说，但我全明白了。出乎意料的效果，叫母亲热泪盈眶。

同样出人意料的是：某电视台拍一个有关军队的专题片，那解说词几经修改都不尽如人意，好不容易才定稿。播出那日，荧屏上军人方阵变换队形进行时，不知什么缘故，录制好的充满激情的解说词没出来，只剩下“嚓嚓”的脚步声，它是如此统一而坚实，如同地平线上走过来一个巨人，当即受到专家与观众反馈：怎么想出来的，绝了!可要是那位母亲没有失音，要是电视音频不出故障，他们肯不说吗?事实上，没有人会认为自己说得不好，所以都在说个不休。

肯定自己

今天这个时代与30年前完全不同了！农业时代靠口传心授知识和勤学苦练技术，但是现在科技通讯发达，你就算完全没有知识，也可以获得足够的资讯；即便毫无技术，也有适当的机械供你使用，所以人们可以在完全不用摸索的情况下，就找到捷径，获得成功。

换句话说，那等着由错误中摸索的人，则必然要遭到落后和失败的命运!由此可知，“自我妥协”实在是人类的天性。但你也知道，如果无法战胜天性，我们就很难取得过人的成就。我常说：“一个男人如果不知道什么时候，把自己从女人身边拉开；一个女人如果不知道什么时候，把自己孩子从身边拉开，他们就很难出头。”

他必然是掌握了每个小小的契机，把它发挥成大的巧合，而结成缘。要知道，会结缘的人，即使在路边看商店橱窗，都能与其他看橱窗的人开口寒暄——有共同的注意点，就是一种缘!

过上好日子

5 年前,斯蒂芬·阿尔法经营的是小本农具买卖。他过着平凡而又体面的生活,但并不理想。他一家的房子太小,也没有钱买他们想要的东西。阿尔法的妻子并没有抱怨,很显然,她只是安于天命而并不幸福。

但阿尔法的内心深处变得越来越不满。当他意识到爱妻和他的两个孩子并没有过上好日子的时候,心里就感到深深的刺痛。

但是今天,一切都有了极大的变化。现在,阿尔法有了一所占地 2 英亩的漂亮新家。他和妻子再也不用担心能否送他们的孩子上一所好的大学了,他的妻子在花钱买衣服的时候也不再有那种犯罪的感觉了。下一年夏天,他们全家都将去欧洲度假。阿尔法过上了真正的好生活。

阿尔法说:"这一切的发生,是因为我利用了信念的力量。5 年以前,我听说在底特律有一个经营农具的工作。那时,我们还住在克利夫兰。我决定试试,希望能多挣一点钱。我到达底特律的时间是星期天的早晨,但公司与我面谈还得等到星期一。晚饭后,我坐在旅馆里静思默想,突然觉得自己是多么的可憎。'这到底是为什么!'我问自己,'失败为什么总属于我呢?'"

阿尔法不知道那天是什么促使他做了这样一件事:他取了一张旅馆的信笺,写下几个他非常熟悉的、在近几年内远远超过他的人的名字。他们取得了更多的权力和工作职责。其中两个原是邻近的农场主,现已搬到更好的边远地区去了;其他两位阿尔法曾经为他们工作过;最后一位则是他的妹夫。

阿尔法问自己:什么是这 5 位朋友拥有的优势呢?他把自己的智力与他们作了一个比较,阿尔法觉得他们并不比自己更聪明;而他们所受的教育,他们的正直,个人习性等,也并不拥有任何优势。终于,阿尔法想到了另一个成功的因素,即主动性。阿尔法不得不承认,他的朋友们在这点上胜他一筹。

当时已快深夜3点钟了，但阿尔法的脑子却还十分清醒。他第一次发现了自己的弱点。他深深地挖掘自己，发现缺少主动性是因为在内心深处，他并不看重自己。

阿尔法坐着度过了残夜，回忆着过去的一切。从他记事起，阿尔法便缺乏自信心，他发现过去的自己总是在自寻烦恼，自己总对自己说不行，不行，不行!他总在表现自己的短处，几乎他所做的一切都表现出了这种自我贬值。

终于阿尔法明白了：如果自己都不信任自己的话，那么将没有人信任你!

于是，阿尔法做出了决定："我一直都是把自己当成一个二等公民，从今后，我再也不这样想了。"

第二天上午，阿尔法仍保持着那种自信心。他暗暗以这次与公司的面谈作为对自己自信心的第一次考验。在这次面谈以前，阿尔法希望自己有勇气提出比原来工资高700甚至1000美元的要求。但经过这次自我反省后，阿尔法认识到了他的自我价值，因而把这个目标提到了3500美元。

结果，阿尔法达到了目的。他获得了成功。

取得成功

华特和丽莎这对年轻夫妇，不久前还以为成功指日可待，当华特拿到心理和企管硕士学位时，他以为自己日后就可以从事管理公司、人际关系咨询，或执行与监督有关的工作。然而短期内，事情却与他预期的有出入，华特别无选择，只好暂时将希望束之高阁，这一晃就是好几年。华特是个德国人，这段期间除了当翻译，似乎也没有其他出路。

他和丽莎两人都梦想能搬回德国，如此一来，不但可与家人团聚，丽莎更可借此学习德文及当地文化。他们一心想回德国，计划在那里找一个高薪的工作，并趁两人还是丁克族时好好四处旅游。为了实现这个梦想，他们花了一个半月的时间在德国找工作，登报求职、寄履历表，让雇主知道他们强烈的工作意愿。就在离德返美的前一天，所有履历表都石沉大海时，华特突然接到一个面试电话。

“我们一定能美梦成真!”丽莎兴奋得大叫。

可是华特却显得十分谨慎。

“别高兴得太早，”他说，“丽莎，这不过是个面试而已。”

面试结束，华特和丽莎如期返美等候通知。一个星期过去了，半个月过去了，一个月过去了，丽莎这时开始感到不耐烦，她焦急地催促华特打个电话去问问情况，然而华特心里明白，他得等到公司主动跟他联络才行。在圣诞节前后，该公司的人事主管终于告诉华特，他们要雇用他，只是公司的决策过程太慢了。经过数个月的漫长等待，两人终于美梦成真。这份工作薪水优厚，升迁可期，同时公司还愿意协助华特还清助学贷款及迁徙费用。再也没有什么工作比这次更好的了。

华特和丽莎乐疯了，他们终于达成心愿。

华特接着前往德国开始新工作。就当地的工作条件而言，这是个令人称羡的职位，华特和丽莎都觉得十分满意。华特有两个月的试用期，看看双方是否合适，这

时，丽莎也辞去工作，准备搬家。

可是当华特开始工作后，对公司及工作总有一种不安感，有些事情好像不太对劲，他很怕心里出现“回美国算了”的念头，因为事情演变至今，早已无后路可退，他也怕想起“干脆放弃这个原本和预期相符的职业生涯”。最后他终于了解自己再也无法漠视这种感觉。

有天晚上华特走了好长一段路，反复思考这个情况，当他确知目前的新工作根本就不适合他时，华特不禁放声大哭。然而除了悲伤，华特也为自己理清了思绪而感到欣慰。

第二天华特走进总裁办公室，递了辞呈。总裁很惊讶，而且也有点失望，可是除了接受也别无他法。“你为什么要离开?你以后该怎么办?”总裁不解地问。

接着华特对自己在这段时间看到的公司问题一一向总裁报告，并且告诉他这份工作和原先预期的不太一样，华特接着说，他计划开一家咨询公司。华特自信及坚定的口吻让总裁印象深刻，于是他问华特：“要是你当了咨询师，你会怎样为公司解决问题呢？”

华特想了一下，因为他尚未完全勾勒出蓝图，不过仍按长期的思考模式回答。华特告诉总裁，思想如何创造实际，而每个人内心其实都有驱动力、常识和其他特质，这些足以使人成为有效率的职员。总裁对华特的话感到很有兴趣，遂问华特是否愿意当他和公司的咨询师。瞧，多快!华特马上就有了第一位客户。

华特离开德国前，和总裁做了一整天的训练课程，并规划日后要将这套心智运作原则和安宁心智的方法传授给公司各阶层主管。截至目前，华特已走访了 13 个国家，训练对象超过 2000 人。华特的事业蒸蒸日上，他不仅为原公司进行咨询工作，业务更扩展至德国及法国其他公司。

想不到原本想傻傻地辞掉工作，到最后事情却出乎两人意料之外——当了咨询师的华特不仅赚进大把钞票，还有上班族渴望的自由，他在两个国家之间如鱼得水。丽莎也如愿每年在德国待上几个月，再趁华特到各国工作时，四处游览。

寻找快乐

约翰在法国中西部长大，其父母靠经营果圃把约翰养育成人，这种一年到头辛勤耕作的农家生活，无疑对约翰日后的自我要求及情绪转换影响深远。如果约翰没有把事情做完，约翰会觉得怠惰、沮丧，有罪恶感。可是不论约翰做了多少，心里老是有股力量驱使约翰去完成更多更多的事。于是约翰对实际工作感到压力重重、精神透支且枯燥乏味。

长大以后，约翰对工作的态度就是不断地保持生命力。约翰太太对于约翰能在一天内完成许多事情感到惊讶不已。约翰可以在几小时内就把屋里打扫干净，用一个上午写好一份工作报告，花一天时间种下所有花种，但心里却觉得索然无味。而且约翰只要一坐下来放松心情便觉得罪恶惶恐，会一直想着总还有件事没做好，这种念头一直持续到一日终了。

对约翰而言，生命中最艰难的挑战便是呆坐。

长久以来，约翰的心一直不停地转动思考，因此坐在海边体验一切，看看绮丽的海景、嗅嗅清凉的海风、听听动人的海涛，对约翰来说皆是新尝试。约翰一直害怕如果自己不能加快脚步，就会变得懒惰而且无法做好任何一件事。这种想法让约翰沮丧透了，所以约翰总是让自己像陀螺一样忙得团团转，只有在消掉工作表上已完成的事项后才会觉得有一丝轻松。

那天，约翰记得很清楚，自己是如何凝神静听。约翰那时正在佛罗里达州实习，参加为期三周的心理学新发展课程。

起初的两个星期，约翰对上课内容有一箩筐的问题，约翰不过是想借此学到更多咨询方面的新观念和方法，但是很糟糕，约翰尚未找到其中要诀，而课程指导员却一直告诉约翰只要放松心情专注倾听就可以了。

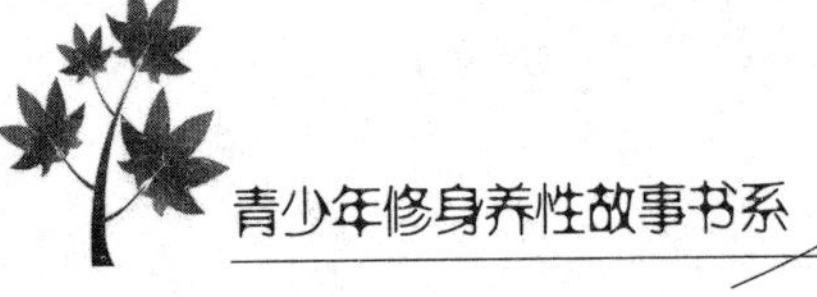

“下午放自己一个假到海边去吧!”课程指导员说。

约翰对他的动机十分怀疑。多诈啊!要约翰一整个下午待在海边,那种不做事的感觉多令人害怕啊!约翰以前从来没有过这种经验,约翰于是和他据理力争,因为只剩下一个星期了,约翰不觉得还有时间可以浪费,难道约翰不该更努力一点吗?去海边做什么?

可是约翰也想到,到海边走走又不会让他少掉一块肉,还可以享受假期!或许他是对的,约翰可能真该学学如何放慢脚步。

隔天,约翰和妻子一起漫步海边,感到快乐无比。但过了一两个小时,约翰的焦虑开始出现,无论觉得有多不舒服,约翰知道必须秉持信念,而且得相信指导员告诉他如何放松心情的那一套。

当晚,约翰睡得很沉。半夜3点约翰自梦中清醒,顿时恍然大悟。

“亲爱的,快起来。”约翰边说边把妻子摇醒,“我想通了!我终于明白他说的是怎么一回事了。”这是约翰第一次清楚地知道顺其自然和不去强求意念。原来在睡眠中,心智放松了,理解得来全不费工夫。这一切看来真是太简单、太不可置信了。

约翰回到明尼苏达州,日子又和以前一样,可是那晚触动心灵的感觉却依然持续着。

有个星期六,约翰又忙着做事,这回约翰清楚他得赶着做,于是约翰停下来,做了个深呼吸,找到头绪。约翰告诉自己,或许该试试这个方式,看看是否真的可行——在心情放松的情况下把每件事做好,而非处于以往紧张高压的环境。

约翰带着这种新想法过了一天,每一次只要一发现到自己的紧张,心里便很清楚地告诉自己该停下来休息一下。当然,一天结束后,工作比预期进行的速度还要快。更让人吃惊的是:这一整天约翰都好快乐,无论是工作还是休息,一点也不觉得累。

1850 次拒绝

在美国，有一位穷困潦倒的年轻人，即使身上全部的钱加起来都不够买一件像样的西服的时候，仍全心全意地坚持着自己心中的梦想，他想做演员，拍电影，当明星。

当时，好莱坞共有 500 家电影公司，他逐一数过，并且不止一遍。后来，他又根据自己认真划定的路线与排列好的名单顺序，带着自己写好的量身定做的剧本前去拜访。但第一遍下来，所有的 500 家电影公司没有一家愿意聘用他。

面对百分之百的拒绝，这位年轻人没有灰心，从最后一家被拒绝的电影公司出来之后，他复又从第一家开始，继续他的第二轮拜访与自我推荐。

在第二轮的拜访中，500 家电影公司依然拒绝了他。

第三轮的拜访结果仍与第二轮相同。这位年轻人咬牙开始他的第四轮拜访，当拜访完第 349 家后，第 350 家电影公司的老板破天荒地答应愿意让他留下剧本先看一看。

几天后，年轻人获得通知，请他前去详细商谈。

就在这次商谈中，这家公司决定投资开拍这部电影，并请这位年轻人担任自己所写剧本中的男主角。

这部电影名叫《洛奇》。这位年轻人的名字就叫席维斯·史泰龙。现在翻开电影史，这部叫《洛奇》的电影与这个日后红遍全世界的巨星皆榜上有名。

曹操与关羽

建安五年，曹操出兵东征。刘备被迫投奔袁绍，而关羽则为曹操捕获，拜为偏将军。曹操对关羽很尊重，待之以厚礼。后来，曹操发现关羽心神不宁，并没有久留的意思，于是对张辽说："请你去试着问问关羽，是否愿意留在这里。"于是，张辽来到关羽的住处，询问关羽的意见，关羽叹息说："我知道曹公对我厚爱，但是，我既受到刘备的知遇大恩，并起过共生死的誓愿，是不能背弃信义的。我总有一天要离开的。但在离开以前，对曹公一定要有所回报的。"张辽转告了曹操，曹操敬重关羽的义气。后来，关羽斩杀了袁绍的大将军颜良文丑，并解了曹操的白马之围，曹操知道他肯定是要走了，于是，重重赏赐了关羽。而关羽则把曹操所有赏赐的东西，原封不动地包好留下、投奔正在袁绍军营里的刘备去了。曹操的部下要去追杀关羽，曹操说："人，各有其主，不要去追他。"

商鞅变法

商鞅在秦国实行变法,法令已经制订好了,但还未公布,他担心老百姓不相信,就竖了一根三丈长的木头在南门口,宣布说:“谁要是将这根木头扛到北门口,赏给十金。”

老百姓感到奇怪,不敢搬。商鞅又说:“能扛到的赏给五十金。”有一个人扛起木头走到北门口,商鞅马上赏给他五十金。这样下来,变法的法令一公布,老百姓们就相信了。

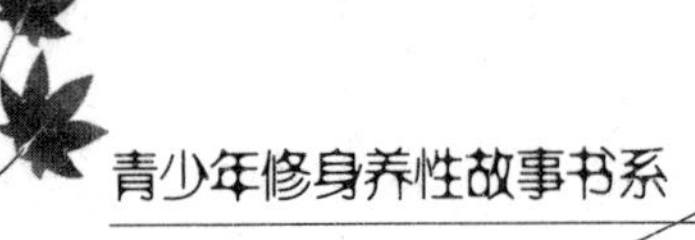

孙武练兵

《左传》记载：孙武去见吴王阖闾，与他谈论带兵打仗之事，说得头头是道。

吴王心想："纸上谈兵管什么用，让我来考考他。"便出了个难题，让孙武替他操练姬妃宫女。

孙武挑选了一百个宫女，让吴王的两个宠姬担任队长。

孙武将列队操练的要领讲得清清楚楚，但正式喊口令时，这些女人笑作一堆，乱作一团，谁也不听他的。孙武再次讲解了要领，并要两个队长以身作则。

但他一喊口令，宫女们还是满不在乎，两个当队长的宠姬更是笑弯了腰。

孙武严厉地说道："这里是演武场，不是王宫；你们现在是军人，不是宫女；我的口令就是军令，不是玩笑。你们不按口令操练，两个队长带头不听指挥，这就是公然违反军法，理当斩首！"说完，便叫武士将两个宠姬杀了。

场上顿时肃静，宫女们吓得谁也不敢出声，当孙武再喊口令时，她们步调整齐，动作划一，真正成了训练有素的军人。

孙武派人请吴王来检阅，吴王正为失去两个宠姬而惋惜，没有心思来看宫女操练，只是派人告诉孙武："先生的带兵之道我已领教，由你指挥的军队一定纪律严明，能打胜仗。"

成功与失败

人们都有一种趋成避败的心理。

渴望成功者屡见不鲜,真正的成功者却屈指可数。

有的人一生败绩累累,有的人先成后败。

能够总体把握,让成功成为自己人生基调者更是凤毛麟角。

此时成功并不意味着彼时成功,此地成功并不意味着在彼地成功,有时候就连这一次的成功也会成为下次失败的原因。

自身目标过于远大、外界环境过于险恶、人事关系过于复杂……这一切都是决定成败的关键因素。

然而无法忽略的一个事实是,许多成功者带着更加远大的人生目标、面对着更险恶的环境、周旋于更复杂的人事关系,他们照样百折不挠、过关斩将,走向了成功的辉煌。

与此相反,那些失败者面对过许多别人做梦都不敢想的大好机遇,却连一个小小的目标都未能实现。

同样的际遇,摊在不同的人身上,其结果千差万别。

可见决定成功的最重要因素不是外界,而是自己。

而自己的问题,无非是一个怎样面对人生、面对机遇、面对成败的心态问题。

把失败归咎于偶然,归咎于外界,抱怨造化不公,这是求得心理平衡的一条捷径。

造化诚然有其不公之处,因为它不按我们的愿望和需要而设计。

然而事实并非全是如此。

假如换一个角度,也许可以看到更多的真实情形。

失败了要多想想到底是自己身上存在着的哪些毛病、哪些必然因素导致了自

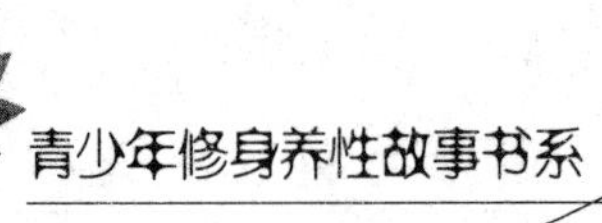

己的失败，病因找到了，再对症下药地开个药方当不是难事。

如果不从自身寻找失败的原因，而一味怨天尤人那无异于缘木求鱼。

怨天尤人的坏处有两个，一是容易推卸自己的责任，养成一个拒绝自省的恶习；另一个坏处就是容易把自己逼进宿命的怪圈，太多“我会失败”的心理暗示，必然会使你自暴自弃。

好好想一想吧，不论机遇多么不好，你失败的原因，都可以在你身上找到。

假如出现万一情况，你的某一次失败完全是由于偶然因素造成的，那证明你根本就没有失败，你不妨放下手来，微微一笑，反正已经尽力，你虽败犹荣。

与其沉湎于怨天尤人，还不如从现在开始，立即行动，改变自己，迎接下一次的搏击。

咀嚼失败、反刍失败并不能代替成功，然而它可以避免以后可能出现的种种失败，它是成功的起点。

命运的门铃

有一个性子特别急的年轻人去拜访一位朋友，他来到朋友楼下，按响了朋友家的对讲门铃。

门铃响了两声，里面没有动静，他等不及了，就返身回家。

刚刚走了几步，他又觉得这样回去不甘心，于是又返回来重新按门铃。

这一次他还是没有耐心，门铃只响了两下他又等不及了。

但是走了几步，他又返回来了。

这次他刚把门铃按响，还没反应过来是怎么回事，就觉得脖子一凉，浑身上下被冷水浇了个透!

原来朋友一直在家，几次来开门外面都没有动静，他怀疑有人捣乱，就向下面泼了一瓢冷水，作为报复。

这样去按朋友的门铃会被泼一瓢冷水，那么按命运的门铃，又怎能不被命运浇一瓢冷水呢?

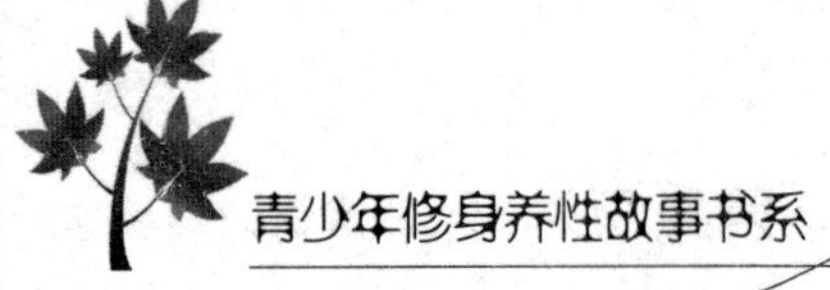

投资与存款

上帝赐给我们的生命只是一笔小钱。

这笔小钱的正面是时间，背面是快乐，而爱、同情、想象、创造、工作等，则是它的颜色和花纹。

这笔小钱运用成功，就是成功的人生；运用失败，就是失败的人生。

所谓成功地运用，就是把这笔小钱用来投资，让它几倍、几十倍甚至成千上万倍地增值，有的人运用得好，多少年后，这笔小钱变成了一笔大的产业。

无疑，投资是能展示和发挥一个人能力的最好方法，因为它可以把有限变成无限，让幼苗长成大树。

而下策就是把这笔钱存进银行，它简单易行，不分男女，无论贤愚，都能无师自通。

存款虽然无法像投资那样，使原来的本钱无数倍地增值，但可以旱涝保收。

存款多年，本利相加，也十分可观。

奇怪的是，看起来容易的事情做起来并不容易，投资成功的人凤毛麟角，存款成功的人也颇为罕见。

高处着眼，低处着手

一只鹰在追捕一只麻雀，走投无路时，麻雀突然看到一间宽敞的屋子，便飞了进去。

就在这时，外面起风了，屋门被紧紧地关上。

外面已经没有危险，麻雀想出去。

但是它刚刚飞到窗户那儿，就被窗上的玻璃重重地撞了一下，它眼冒金星，掉在地上。

休息了一会它又飞了起来，使出更大的劲儿向窗户飞去，这一回撞得更惨，它半天都无法重新飞起来。

接连一个多小时，它都在做着尝试，但是毫无效果。

它精疲力竭，绝望地跌落在地上。

临死之前它才发现，门下面有一道透光的缝儿，刚好够它通过，可惜它连一丝挣扎到门前的力气都没有了。

它眼睁睁死在了出路跟前。

这只麻雀就像某些好高骛远的人。

上帝的秘诀

某青年求告上帝，让上帝传给他一些人生秘诀，以使他更有力量，更有智慧。

上帝答应了他。

上帝告诉他，某年某月某日在某地见面，上帝将当面把所有的秘诀都传授给他。

青年喜出望外。

提前半天，他就达到了约定地点。

然而到了约定时间，上帝迟迟不肯出现。

青年又苦苦等了三天三夜，等得筋疲力尽，上帝还是没有出现。

回家的路上，青年自言自语道："看来连上帝都会违背诺言，既然如此，为什么不把希望寄托在自己身上，反而寄托在别人身上呢？"

听到他的这一番话，上帝在天上哈哈大笑："孩子，看来你是真的得到秘诀了。记住这个秘诀，你走到哪里都将立于不败之地。"

怎样培养意志力

有一个中学生总是觉得自己意志力薄弱，于是去向一位著名的心理学家咨询，这位心理学家所写的《怎样培养意志力?》一书至今畅销不衰。

经过诊断，心理学家告诉他一些切实可行的方法，并把这些方法和步骤写在一张纸上。

分手时，心理学家又送给他一本亲笔签名的《怎样培养意志力?》，告诉他，把书认真读三遍，并按所列步骤坚持训练。两个月之后必有奇效。

两个月后，这个中学生又来了。

"你训练得怎么样了?"心理学家问。

"没有任何效果。"中学生无精打采地说。

心理学家十分好奇。

"因为我不知从何下手。"中学生答道。

"怎么可能?我送你的那本书里讲得一清二楚，我还专门为你列出了详细的实施步骤呢!"心理学家叫道。

"是的，然而您亲笔签名的书非常罕见，有位同学要出五倍的价钱买，我就把它卖掉了。"

心理学家大跌眼镜，他决定重新修订自己的那本书：把如何抵制金钱的诱惑作为培养意志力的核心内容写进书里。

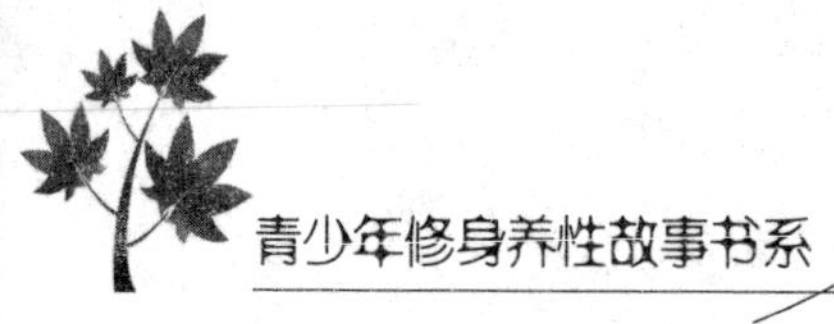

人生不能定格

我们都想把自己所喜欢的一切保存下来。

将它们保存下来,就是将它们定格。

欢乐时想定格欢乐,成功时想定格成功,得意时想定格得意,相聚时想定格相聚。

定格现在的目的就是拒绝未来、抵抗未来。

然而未来还是如期而至,当未来到来时,原来的欢乐变成了痛苦,原来的成功变成了失败,原来的得意变成了失意,原来的相聚变成了离别。

尽管我们付出了极大的努力,一切还是没能定格住。

还有一种定格。

那就是对干坏事的定格。

痛苦了,于是成为痛苦的俘虏;失败了,于是成为失败的人质。

这也是一种对未来的拒绝。

我们想用这种方式保住今天,以免明天被更大的打击摧毁。

然而结果往往是事与愿违,明天还是来临了,痛苦的更痛苦,失败的更失败。

时间之河没有一息停止流动,我们不能第二次踏入同一条河流。

执着的夜行者

一个夜行者失足跌进一个深坑里，他挣扎了很久，弄得满身满嘴都是沙子，他才爬了出来。

“幸亏我命大，不然非死在里面不可!”

他心里想。

他继续赶路，边走边抖身上的沙子，身上的沙子抖完了，又吐嘴里的沙子，直到天亮，他嘴里的沙子也没有吐干净。

突然他眼睛一亮，他发现从他嘴里吐出去的沙子全都亮晶晶、黄澄澄的，原来那都是金砂，他是跌进一座金矿里面去了!他赶紧往回跑，想重新找到那个深坑，但是费尽九牛二虎之力他也没有找到。

如果在那个坑里多待一阵，一直待到天亮，那该多好啊，他追悔莫及。

从此以后，他迷上了寻找金矿，他在那一带挖了许多坑，但里面只有沙子，没有黄金。

后半生，他一看见坑就恋恋不舍，有时候还忍不住下去看看里面有没有金砂，他觉得所有的坑都像金矿。

但是他再也没有遇到过金矿。

他非常失落，他的失落持续了整整一生，他是带着这种失落郁郁而终的。

他太执着于黄金了，由于对黄金的执着，他甚至爱屋及乌地执着于那个几乎致他于死命地深坑，这种执着把他还算幸福的人生全给毁了。

只有极少数坑可能是金矿，而更多的坑里什么也没有。

就像苦难，它能使人成功，但是更多的人却被它毁灭了。

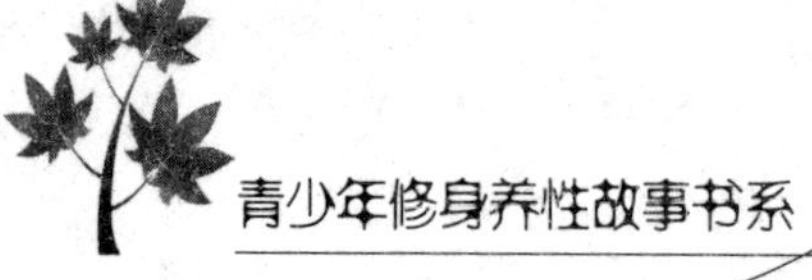

拯救自己

一个男人在河边行走，突然他听到一声凄厉的尖叫。

他急忙向叫声奔了过去，原来是一个孩子落水了。

汹涌的河水正将那个孩子卷向远处。

他当机立断，脱下衣服跳进河里，将孩子救了上来。

孩子的父母对他感激不尽，众人更是对他赞不绝口："能够见义勇为，你真是个了不起的英雄!"

他摇摇头："我并不那么看，我只是做了我自己的分内事而已。"

"请问你当时是怎样想的?"

"我什么也没想，我只有一个念头，假如我不赶紧把他救上来，那么淹死的就不只是一个人，而是两个人!一个是那个孩子，一个是我自己!"

"为什么这么说呢?"

众人问道。

"见死不救的人，跟死人是没什么两样的!"

自己就是上帝

一个命途多舛的人又一次遇上了危难,他四处求告,但是没有一个人愿意向他伸出援助之手,哪怕他提出一点微不足道的小小要求,都会遭到人们的断然拒绝。

绝望之中,他暗暗祈求上帝:“上帝啊,也许只有你才能保佑我了!”

被他的诚意所感动,这天夜里,上帝给他托了一个梦。

“孩子,我会保佑你的。”

上帝抚摸着他的头,轻声对他说。

“既然保佑我,你明天就现身吧,让我真实地看见你的存在,哪怕只让我看见一分钟!”

他哀声说道。

“好的,我明天一定现身。

不过,我不会以我的真身出现,我会以一个化身出现。

明天早晨起来,你看到的第一个人就是我。”

为了看见上帝,他第二天早早就起床了。

洗漱完毕,他到镜子前梳头。

他从那面镜子里看到了自己的影子,跟梦中的那个上帝还真有些相似。

“原来,上帝就是我,我就是上帝!”

从此以后,他获得了自信。

自信改变了他的一切,运气好转了,人际关系也融洽了,一切都比过去顺利多了。

最让他感到奇怪的是,当他脸上写满自信的时候,那些曾经拒绝过他的人也乐意帮助他了。

观念决定心态,心态决定习惯,习惯决定行动,行动决定命运。

从口水中腾飞

传说天上生活着一群龙。

龙几乎是万能的动物，它最大的缺点就是对水的依赖性太强，哪怕凭借一滴水，它也能上天入地，呼风唤雨。

如果离开了水，再威风的龙也会一筹莫展，束手待毙。

这天，有一条龙从天上来到人间观光。

由于人间的风景实在迷人，它没注意到一个心怀恶意的巨人正拿着一把锋利的斧子在等待着它。

趁它不备，巨人一斧子砍向它的后背。

龙受伤倒地，没等它反应过来是怎么回事，巨人走过来，用一根长长的铁链把它锁了起来。

天上的龙却不幸在地上落难，它的痛苦无以言表。

巨人把它锁了整整七天七夜。

极端的干渴，已经使它奄奄一息。

“给我一桶水吧。”

龙哀求道。

巨人拒绝了它。

“那么，给我一碗水吧。”

龙降低了自己的要求。

巨人理都没理它。

“那么，你能不能给我一滴水？”

龙把要求降到了最低限度。

“你想得倒美，我一滴水都不会给你，你只配得到口水！”

巨人怒不可遏地骂着，一边就向它吐口水。

想不到吸收了口水的滋养，垂危的龙马上恢复了力量。

只见电闪雷鸣，天崩地裂，它挣脱了铁链，转眼间就飞到了天上。

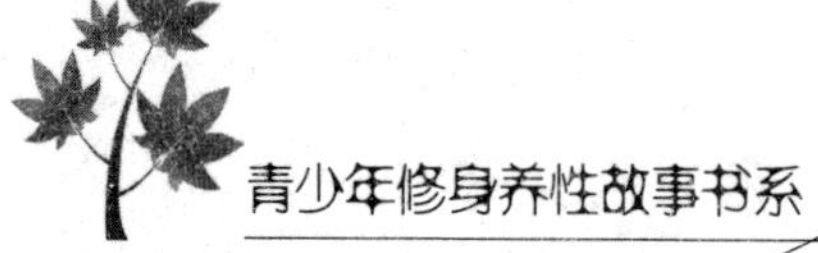

不要盯着别人

有一个人喜欢观察别人，并且评头论足，走到哪里，凶狠的眼睛都在别人身上仔细打量，打量得别人非常不好意思，但他还是不肯把眼睛挪开。

甚至骑自行车的时候，他的眼睛仍然在别人身上像探照灯一样扫来扫去，别人的样子丑，别人的车不好，别人的姿势笨……他总是能从对别人的吹毛求疵中寻找到无限快意。

这一天，他又骑车上街，刚刚驶入马路，他就看到了令他兴奋的场面，他不仅看到了一个人穿的衣服太落后于时代，而且还发现一个人的前后车轮不是一个牌子。

由于过于专注，他没注意到自己已经骑出人行道，迎头撞在一辆飞驰的卡车上面。

他被送到急救中心，由于抢救及时，他抢回了一条命。

但是由于车窗上的碎玻璃扎进了他的双眼，他的眼睛瞎了。

他非常后悔自己老盯着别人，挑剔别人。

以前他可以经常审视自己，但他没有好好珍惜，现在，他连审视自己的机会都没有了。

扔掉包袱

由于异族侵略，人们都纷纷离开家乡去逃难。

他们逃到河边，挤到仅有的一条小船上，刚要开船，岸边又来了一个人。

他不断挥手，要求把他拉上，船家说："船马上就要超载了，你得把你背的那个大包袱扔掉，不然会把船压沉的。"

那人犹豫不决，因为他背的都是非常重要的东西。

船家说："谁又没有舍不得扔的重要东西呢?可是他们都扔掉了，如果不扔，船早就被压沉了。"

那人还是下不了决心。

船家说："你想想看，到底人重要还是包袱重要?这一船人重要还是你一个人重要?你总不能让这一船人都为你的包袱提心吊胆吧?"

落差的力量

从万紫千红到寒风萧瑟，从春花秋月到冰天雪地，这是自然的落差，冰冷成为主宰。

从众声喧哗到曲终人散，从高朋满座到独对孤灯，这是人心的落差，寂寞做了帝王。

自然还是自然，我还是我，而我却对抗着那落差，诅咒世事的无常变化。

然而这一切终是我们无法抗拒的，如果我们不首先抗拒自己的软弱。

一切皆变，上升岂非另一种意义上的坠落?同一幢楼上电梯有的上，有的下，上去的还会下来，下来的还会上去。

河水从悬崖上跌落，从悬崖跌落的水并未死亡。

有人在那儿建起了发电站，而电流通过电缆到达了比悬崖更高的地方。

希望

有个富翁，他想拿出一百万元送给穷人，条件是他们必须都是能够坚持到底的人。

他的分配方法是，选一百个人，给他们每人送一万元。

广告一登出来，应征者无数，他从成千上万的应征者中选了一百名，给他们每人五千元，并让他们第二年再来取剩下的五千。

第二年只有九十个人来取钱，因为他们中的十个人兴奋过度，心脏病发作住进了医院，那五千元做了他们的医药费。

他取消了那十个人剩下的那笔钱，表示要把那五万元平均送给这九十个人，明年来取。

第三年他宣布，给大家送钱只是开个玩笑，他要收回已经送给他们的钱，一听这话当场就有四十个人晕了过去，四十个人拿着到手的五千元跑了。

最后只有十个人留了下来，富翁说，现在还有五十万，平均分给你们十个人，每人可得五万，明年来取。

第四年只有五个人来，没来的五个人里，有两个高兴得病倒了，有两个无法忍受等待忧愤而死，有一个认定富翁是个骗子。

富翁宣布取消缺席者剩下的钱，把剩下的五十万送给最后五个人，每人十万，明年来取。

第五年只有一个人来，没来的四个人里，两个人因极度兴奋心脏病急性发作，死在去医院的路上，另外两个到处宣传富翁是个骗子，他们成了哲学家。

最后来的那个人独得了一笔巨款，五十万元加上四年的利息五万元，总共五十五万，他一个人得到的比那九十九个人加起来得到的还多。

富翁的名字叫“希望”。

成功与一小截树枝

有一种鸟，它能够飞行几万里，飞越太平洋，而它需要的只是一小截树枝。在飞行中，它把树枝衔在嘴里，累了就把那截树枝扔到水面上，然后飞落在树枝上休息一会儿，饿了它就站在那截树枝上捕鱼，困了它站在那截树枝上睡觉。谁能想到，小鸟成功地飞越太平洋，靠的却仅是截简单的树枝！

如果小鸟衔的不是树枝，而是把鸟窝、食物等旅途中所需要的用品，一股脑儿全带在身上，那小鸟还飞得起来吗？

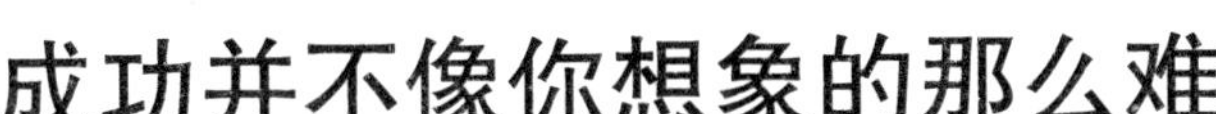

成功并不像你想象的那么难

1965年,一位韩国学生到剑桥大学主修心理学。在喝下午茶的时候,他常到学校的咖啡厅或茶座听一些成功人士聊天。这些成功人士包括诺贝尔奖获得者,某一些领域的学术权威和一些创造了经济神话的人,这些人幽默风趣,举重若轻,把自己的成功都看得非常自然和顺理成章。时间长了,他发现,在国内时,他被一些成功人士欺骗了。那些人为了让正在创业的人知难而退,普遍把自己创业的艰辛夸大了,也就是说,他们在用自己的成功经历吓唬那些还没有取得成功的人。

作为心理系的学生,他认为很有必要对韩国成功人士的心态加以研究。1970年,他把《成功并不像你想象的那么难》作为毕业论文,提交给现代经济心理学的创始人威尔·布雷登教授。布雷登教授读后,大为惊喜,他认为这是个新发现,这种现象虽然在东方甚至在世界各地普遍存在,但此前还没有一个人大胆地提出来并加以研究。惊喜之余,他写信给他的剑桥校友——当时正坐在韩国政坛第一把交椅上的人——朴正熙。他在信中说:“我不敢说这部著作对你有多大的帮助,但我敢肯定它比你的任何一个政令都能产生震动。”

后来这本书果然伴随着韩国的经济起飞了。这本书鼓舞了许多人,因为它从一个新的角度告诉人们,成功与“劳其筋骨,饿其体肤”、“三更灯火五更鸡”、“头悬梁,锥刺股”没有必然的联系。只要你对某一事业感兴趣,长久地坚持下去就会成功,因为上帝赋予你的时间和智慧够你圆满做完一件事情。后来,这位青年也获得了成功,他成了韩国泛业汽车公司的总裁。

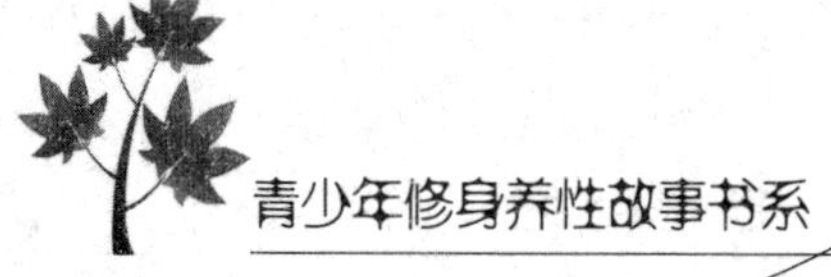

丘吉尔的胜利

据说第二次世界大战以前,丘吉尔和德国的独裁者希特勒会晤,两人在花园中边走边谈。来到一个水池边,丘吉尔突然提议两个人打个赌,看谁能不用钓具将水池中的鱼捉出来。

希特勒心想,这还不容易!他马上拔出手枪,朝池中的鱼射了几枪,可惜没有一发击中。希特勒只好无奈地说:"我放弃了,看你的吧!"

只见丘吉尔不慌不忙的从口袋里掏出一把小汤匙，把鱼池中的水一匙一匙地舀到沟里。

希特勒大喊:"这要等到什么时候啊?"

丘吉尔笑嘻嘻地回答说:"这方法虽然慢了一点，但最后的胜利必然是属于我的。"

世界小姐的故事

有一个名叫韦格的奥地利女孩,天生丽质,聪慧可人。

她在一所大学专修油画，她的男友正在为她筹备个人画展。当经济出现危机时,男友鼓励她参加世界小姐选美,因为初赛的奖金高达5000美元。她去了,而且一路选到了拉斯维加斯。

她成了1987年度的世界小姐。

韦格想开画展,可她已不需要画展了;她想和男友缠绵浪漫,可她也不缺少浪漫。身为世界小姐的她,一下子站在了荣耀和财富的顶端。

当事业如日中天的时候,她患上了一种名叫克里曼特的综合症。这种病症的最大危险在于,双眼视力逐渐衰退,直至失明。她几乎绝望地陷入黑暗之中了。消息传出,一位南非的小男孩给她寄来了一包土,说他们那里的人用此治病。韦格不相信那包土,怀着姑且一试的想法用了,奇迹发生了,她康复了。她后来嫁了一个美国富翁。

她先后嫁了6次,可是没有一个男人会令她倾心,她自杀了。

成功需要多少时间

他自小喜欢画画，当教师后，这个兴趣一直伴随着他的业余时间。有一年他辞职了，凭着工作数年的积蓄，他背着画夹走南闯北，过着一种近似流浪的生活。

3 年后，他结束流浪，专心致力于绘画。这期间他很贫困，一边卖画，一边靠朋友们的接济生活。和许多文艺界人士不同的是，他基本上不参加社会活动。这么着又过了 3 年，他终于引起同行们的注意。他的画作以清新、流畅、富有叛逆精神而渐渐闻名。

以下是这位朋友向我简单介绍的成功经过，他边喝咖啡边给我计算他取得成功实际花费的时间。

小时候大约从初中开始，喜欢画画，一直到高中一年级，用于绘画或阅读有关书籍平均每天大约 1 小时，这 4 年用于绘画的实际时间大约 61 天。

读高二、高三时，因为考大学，一度与绘画绝缘。上大学后，渐渐恢复以前的爱好，4 年中用于绘画或阅读有关书籍平均每天约 1 小时，与上同，约合 61 整天。

大学毕业后，为找工作、换工作，用了约一年时间，直到成为教师，才又拿起画笔。在校园的 3 年里，用于绘画或阅读有关书籍的时间每天约 3 小时，大约 137 整天。

辞职后，流浪 3 年，用于绘画或阅读有关书籍平均每天约 8 小时，正好 365 整天。

闭门创作 3 年，用于绘画或阅读有关书籍平均每天约 10 小时，合 456 整天。

以上相加，61+61+137+365+456=1080(整天)，约等于 3 年。

朋友说，从他小时候对绘画产生爱好时起，到他获得第一个大奖，正式成为“绘画工作者”止，实际花费于此项工作的时间只有 3 年。

意料之外的成功

1922年，我从加州大学表演系毕业后，独自一人来到纽约投奔我儿时的好友艾芘，渴望能在百老汇的话剧舞台上实现自己的梦想。

然而，在百老汇，没有哪一个剧团愿意给一个没有背景、又不是选美冠军的女孩机会。经过十多次面试之后，我的积蓄越来越少，不得不到一家餐厅的衣帽间打工，靠每周七十多块钱的收入勉强度日。终于，父亲在电话里说，如果到圣诞节我还是无业游民，就必须回家到他的公司上班。

刚巧这时艾芘所在的剧团有一个空缺，她为我争取到了3分钟的试演机会。我决定和命运最后赌一把。我用最后的一点钱买了当天夜里的返程机票，心想：如果选上就留下，选不上，就立刻坐飞机回家，让那些不知天高地厚的梦想从此结束！

那天上午，我早早来到排练场，结果发现有十几个窈窕淑女排在我前面，我是第17号，要到下午才轮到我。看着一个个穿着入时、形象姣好的候选人，我简直是"鸡立鹤群"。

中午，我想到了百老汇大街上的百欧思则，那里是嬉皮士和著名人士的聚集地，据称是纽约最地道的意大利餐馆。既然留下来的希望渺茫，最后去感受一下百老汇的气氛也好啊。走进餐厅，看到女招待递过来菜单，我这才意识到这里的价钱比一般餐馆贵了好几倍。而买完机票我只剩5元2角钱，连付小费可能都不够。我小心翼翼地对一脸不耐烦的女招待说："呃，还有再便宜些的菜吗？比如什锦色拉之类的？""对不起，没有！我也不为乡巴佬提供服务。"人高马大的女招待有意把尖厉的声音提高了八度。其他客人不约而同地抬起头看着我们。我从容自若地站起身，微笑着说："没关系，我刚巧也不接受势利眼的服务。"四周传来一片笑声，我甚至听到有人在鼓掌。

“我也是，”坐在我邻桌的一个长着络腮胡子的大个子一边鼓掌一边说，“看来我们要另找地方吃午饭了。”他走过来很礼貌地为我拉开椅子，和我一起昂首阔步地向大门走去。满脸乌云密布的女招待这时才从震惊中回过神来，悻悻地对我说：“从来没遇到过像你这样的家伙。”我开心地回答道：“那是我的荣幸。”然后头也不回地跨出了百欧思则的门槛。

站在大街上，我和大个子终于忍不住大笑起来。“我知道一个做地道的意大利粉的地方，绝对不超过5元!怎么样，要去吗?”几分钟后大个子强止住笑建议道。也许是被他的幽默感染了，也许真是饿昏了头，我听见自己说：“为什么不!”

十分钟后我们坐在一个狭窄却整洁的小店里，店主的英文不敢恭维，但他端出的香肠粉则刚好相反——是我有生以来吃过的最地道的意大利粉。大个子显然是这儿的常客，一边吃一边给我讲这家老板的趣事。饭后店主的小儿子为我们端来甜点。也许是首次做服务员太紧张，他不小心碰翻了大个子的杯子，柠檬茶溅了大个子一身。尽管我和大个子再三安慰他，但那可怜的孩子仍然满脸沮丧和歉意。趁着大个子没留意，我一回手把自己的水杯也打翻了，顿时地上又出现了一大汪水，我的衬衫袖子也被弄脏了。“啊，对不起!我都二十多岁了，还经常碰翻东西，如果你爸爸问起来，请代我向他道歉。”我大声说，小家伙终于又露出了灿烂的笑容。

一抬头看见大个子正专注地盯着我看，显然我的小伎俩没能瞒过他的眼睛，不过他装出什么也没看到的样子，很快转移了话题：“这么说你大学毕业了，打算干什么?”“嗯，我想演戏。不过我最大的问题是一张嘴观众就笑个不停，不管多惨的悲剧，只要我一说台词，不知道为什么总有人笑。”我沮丧地说。大个子感兴趣地盯着我的脸，仿佛想从上面找到宝藏似的。“我今天下午还有最后一次试演机会，如果不行，晚上我就回老家。”“有多大把握?”大个子关切地问。“我有95%的把握——95%的把握被淘汰。哈哈!”我一副满不在乎的样子，其实心里一点儿也笑不出来。

我们各自付过账(留下小费后我还剩2角钱!)在店门前道别时，大个子突然说：“作为感谢，你不介意带我去看你试演吧?”“当然不介意。只要你发誓到时候一定不要笑。”

一小时后，我面对几位导演，朗诵自己精心准备的台词。但即使是外行也看得出气氛有些不对，本来是狄更斯的经典悲剧，但台下却传来阵阵笑声，只有艾芘和后排的大个子努力做出严肃的样子，但我可以看到他们眼睛里仍有抑制不住的笑意。试演后我得到剧团秘书一个简单而礼貌的答复：“一有消息，我会立刻联系你。”

我知道我已经没戏了。

艾芘送我到剧院门口,眼角还带着笑意:“嗨,格丽斯,刚才那几个导演都说你是喜剧天才呢!要不要再留下一段时间,看有没有试演喜剧的机会?”我强作笑脸答应着,心里却酸酸地痛。我最后的希望破灭了,大家都在笑我,连老友艾芘也开始嘲笑我了,所谓“试一试喜剧”,无非是想婉转地告诉我:“你没有演舞台剧的天赋,该适可而止了。”离飞机起飞还有五个小时,我知道是回家的时候了,虽然没在百老汇找到机会,但能和一个有趣的家伙一起吃顿饭也挺值得,确切地说自从毕业以后我还是第一次这么开心和放松。

这时我才猛然记起大个子还在排练场里,刚才我从后台出来时忘了和他道别了。虽然我此刻心情很不好,但我还是决定和他道个别,因为我觉得就这样不辞而别是不礼貌的。让我做梦都想不到的是,正因为我的这个想法,我的后半生被改变了。

我正要回去找大个子时,却看见他手里拿着一叠表格从后台出来:“格丽斯,我是乔治·贝恩姆。因为中午吃饭时我刚演出完,还没来得及卸妆,对不起。”说完,他取下了粘在脸上的络腮胡子。我的嘴张成“O”字形,天啊,没错,他竟然真的就是大名鼎鼎的喜剧“新王子”乔治·贝恩姆!他怎么会知道我的名字?大个子,不,乔治微笑着说:“我马上要去新泽西的纽瓦克巡回演出,需要一个搭档。这儿的导演是我的好朋友,让我看了你的申请表,我觉得很合适。怎么样,要试一试吗?”

我激动得说不出话来,只是拼命地点头,觉得心像张开的帆一样一点点地鼓起来。

很快,我就不可阻挡地“红”了,一年后,“格丽斯”这个名字在美国已经家喻户晓。

苍鹰的飞翔

安迪逛过十几次动物园，对于那些被铁栅栏囚禁的动物，他最怜惜苍鹰。它们有着拍云击风的强健翅膀，本来应该像云朵一样，自由翱翔在天地之间，飘摇在云浪之端，如今却只能敛翅静默在冰冷的铁栅栏中，低眉顺眼地依赖饲养员定时定量给的那一点点肉食存活。它们的翅膀已不能搏击风云，它们的眼神已不能令野兔颤栗，它们早已不是力量和雄健的象征。难怪诗人惠特曼叹息说："铁栅栏里的苍鹰已不再是鹰，它们是一种蜕化了的大鸟。"

安迪的故乡安蒂斯也曾是鹰的故乡，它们栖宿在那儿的山林里、悬崖上。每天清晨当太阳刚刚升起的时候，它们就高高地盘旋在村庄的上空，像一枚枚黑色的铁钉钉在湛蓝而静谧的天空里，它们有时迎风飞翔，有时又静浮在天空中，一动不动，像一片黑黑的云朵。

它们靠自己的捕食生活，草丛里的兔子，低空中穿梭的麻雀，都是它们追逐的食物。当然，村庄里的鸡鸭，甚至小小的羊羔，也常常被它们明目张胆地一掠而去。但安迪并不憎恨它，甚至有些崇拜它。祖父告诉他说，鹰是一种动物，谁都见过它的飞翔，但谁都没见过一只鹰的死亡。祖父说："鹰即使是死亡，也不会让人看见的，它们要飞到天堂里去死。"

村庄的上空有一只苍鹰，它已经在那里翱翔了十几年了。有一天，它在村庄的上空盘旋了又盘旋之后，突然直直地直往高空飞去，村庄的老人们说，这只鹰要死了。大家站在村庄的旷地上看着它。只见它越飞越高，越飞越高，直到成为一个小小的黑点，最后在炫目的阳光中消失了。

大家期待它会掉下来，但它一直没有。老人们说："鹰死了怎么会掉下来呢?它一直朝着太阳飞，飞近太阳的时候，就被火热的太阳熔化了。"果然，从那次高飞以

后，这只鹰就再也没在安迪村庄的上空出现过。

鹰是具有灵性的，它们不愿死在自己一生轻视的山峦、麻雀、野兔之下。即使死亡，也要远离自己曾经睥睨的一切，只留下自己雄健刚烈的印象在人们的记忆中。

谁见过一只自然死亡的雄鹰？

忧患意识

明朝作家刘元卿,在一篇题为《猱》的短文中记述了这样一个故事:猱的体形很小,长着锋利的爪子。老虎的头痒,猱就爬上去搔痒,搔得老虎飘飘欲仙。猱不住地搔,并在老虎的头上挖了个洞,老虎因感觉舒服而未觉察。猱于是把老虎的脑髓当做美味吃个精光。

不要太早亮出底牌

一个刚刚从大学毕业的计算机高手来到一家大公司求职。

他下定决心,跟人事主管面谈工资时一定要狮子大开口。

他给自己定的底价是月薪一千元,低一分钱都坚决不干。

人事主管坐在那里仔细听他的陈述,他说完之后,主管告诉他:“最近公司不太景气,薪水上可能得让你受委屈了。”

大学生心里咯噔一下,他想说:“最低也不能低于九百!”

但是话到嘴边,他又咽了回去。

这时候主管接着往下说了:“最近公司不太景气, 一个月只能给你一万元的工资。”

这是发生在一位朋友身上的真实故事,它给我的启发甚大。

命运的改变

一个美丽的少妇投河自尽,被正在河中划船的白胡子艄公救起。

艄公问她为什么寻短见,她哭着说:“我结婚两年,丈夫就遗弃了我,孩子又病死了。我活着还有什么意思?”

艄公又问:“两年前你有丈夫和孩子吗?”

“没有。那时我一个人,自由自在,多么快乐啊!”

“你现在不也是一个人,和两年前一样自由自在吗?你照样可以快快乐乐啊!”

少妇心里一震,恍如从梦中惊醒。自此,她再也没有寻过短见。

失去的也可看成是尚未得到的。与其为失去的伤心,不如追求尚未得到的。

玛丽的童年是在孤独之中度过的。由于草率成婚,这个匆忙建立起来的家庭没过多久就彻底破裂了,她不得不一个人承担起抚养两个孩子的义务。尽管她找到了一份工作,可那点微薄的工资哪够维持一家人的生活呢!

玛丽开始忧虑起自己将来的命运。她反复问自己,她是只配做个含辛茹苦地拉扯孩子、斤斤计较每一分钱的小人物呢,还是能成为自己的主宰?当她明确了自己的选择后,做出了决定:她一定要改变目前的窘境,要超越现在的自我。

于是,她进会计班学习,并找到一份好工作。白天她整日工作,晚上就去南麦塞德恩特大学上课,即使周末也不休息。

直到有一天,当玛丽发现自己对家庭装饰比较喜欢时,她就辞去了会计工作,把活动阵地移到了自己家里。她把家里布置得很漂亮,并且经常举行各种聚会。当活动进行到高潮时,她亮出各式各样的商品,然后向在场的人兜售,无疑,此举获得了成功。接下来,她成立了一个家用百货进口公司。不久,她又创建了家庭装潢和礼品有限公司,使自己跻身商界。她的人生开始了新的篇章。

玛丽成了各种团体追逐的对象,许多社团组织都请她去演讲,好几个董事会挂着她的头衔,她还是第一位进入达拉斯商会的妇女。

精神崩溃的老鼠

李国栋床上堆着书，每天晚上睡在榻榻米上，读书读到清晨一两点，读到两眼充血，像针扎一样痛苦，才把书放开。蜷曲到榻榻米上，用条绳子把左腿跟一只桌脚绑在一起，熄了灯睡觉。

“这样一来，我一翻身，扯不动腿，就会醒过来，醒过来就马上爬起来继续看书——今年是第三年了，再考不上，就要当兵去了！”

高考前，李国栋很平静地这样解释他的生活方式。他消瘦的脸颊浮着一层暗暗的青气，眼白里一条一条细细地血丝。讲话的时候，眼神涣散，不知道他在看哪里。

“为什么不换个读书方法？这种煎熬式不是效果很差吗？”

他摇摇头：“我不知道有什么别的方式。”

“为什么不找其他出路？不要上大学，读职校或学技术？”

他开始咬指甲，每一片指甲都被咬得烂烂毛毛的：“不行，我非读大学不可。”

李国栋后来仍旧落了榜，但是也没去当兵。他在精神病院里住了两个星期之后，有个晚上，偷偷吞了五个大铁钉，从七楼的阳台上跳下来，刚好摔在垃圾车旁边。

麦尔教授对老鼠很有兴趣，曾经做过这样的实验。

他把老鼠聚集在一个平台上，让它们一个个往下面两个门跳。跳向左门，它会碰得鼻青脸肿；跳向右门，门却会打开，门后是甜美的乳酪。小老鼠当然不笨，训练几次之后，就快快乐乐地老往右门跳去，不再摔得一鼻子灰。

可是，就在小老鼠的选择方式固定了的时候，麦尔把乳酪从右门移到左门。本来以为可以饱食一顿的老鼠现在又碰得鼻青脸肿，它不知道客观情势已经改变了。幸好，摔了几次之后，它又渐渐熟悉了新的情况：原来乳酪在左边！

问题是，这个时候，麦尔又有了新花样。他把门的颜色重新漆过，把乳酪一会儿放左，一会儿放右，老鼠在新的习惯形成之后，发觉原来的抉择方式又行不通，它必须不断地适应新情况，不断地修正自己的习惯行为……

终于，老鼠变不过来了，它的下一个反应就是“以不变应万变”。麦尔发觉，在应变不过来的时候，老鼠就搞“拧”，开始固执起来，根本就拒绝改变方式。譬如说，如果它已经习惯于跳向左门，你就是把乳酪明明白白地放在右门口，让它看见，它仍旧狠狠地跳往左门去碰肿鼻子，愈碰就愈紧张。如果实验者在这个关口继续强迫它去做跳左或跳右的抉择，老鼠就往往会抽筋、狂奔、东撞西跌或咬伤自己，然后全身颤抖直到昏迷为止。换句话说，这只老鼠已经“精神崩溃”。

于是，麦尔教授归纳出导致老鼠“精神崩溃”的五个阶段：

首先，对某一个难题(左门或右门)，让老鼠逐渐培养出一种应对的习惯来(选择右门：右门有乳酪)。

第二个阶段，客观环境改变，老鼠发觉惯有的方式已经不能解决问题，因此感到惊骇。

下一阶段，不断地焦虑与挫折、失败之后，它就固执地以旧有的方式面对新的情况，不计后果(就是看见乳酪出现在右边，仍旧往左边闯)。

第四个阶段，根本放弃努力(乳酪也不吃了，干脆饿死)。

最后，如果外力迫使它非解决问题不可，它就又回到它所习惯的旧方式(左门就是左门，非左门不可)。当然又碰得鼻青脸肿，饿得头昏眼花。明明只要换个途径就解决了一切，它却固执地在习惯行为中饱受挫折与失败的煎熬，最后以崩溃结束。

在垃圾车边被清洁工人发现的李国栋是一只弄“拧”了的老鼠，我们的社会环境与教育制度是控制乳酪、制造难题的实验家。从前，大学之门是通往乳酪的门，所有的人都往那个门跳。“士大夫”观念深深地根植在人们心中，因为我们发觉成了“士大夫”之后就有甜美的乳酪可吃。但是，在大家都习惯于这个方式之后，客观情况却变了，乳酪换了门。往“士大夫”那个门撞去，却会撞个鼻青脸肿，而且得不到乳酪。

可是孩子们继续去撞那一扇门，做父母的也继续鼓励孩子们去撞那扇没有乳酪的门。他们说，“有志者，事竟成”，说“有恒为成功之本”，说“精诚所至，金石为开”，说“老天不负苦心人”。门的颜色变了，乳酪的位置换了，可是弄“拧”了的人固执地守着旧有的方式“以不变应万变”。

观念的较量

一个法国学者去非洲参与动物保护工作。那里有一种犀牛,因为“全身是宝”而遭到土著的追杀,他看到此景,心中十分悲痛。

一天,他随当地全副武装的巡逻队去森林考察,碰上 3 人偷猎。巡逻队迅速包围了他们,用喇叭喊话,勒令他们放下武器。偷猎者哪里会轻易投降呢?他们抱着武器寻找突破口。情急中,有个偷猎者率先开枪,打伤一名巡逻队员。这下激怒了大伙儿,巡逻队也举起武器还击。激战约 5 分钟,偷猎者知道自己势单力薄,竖起白旗投降了。

令人振奋的是,这 3 个被捕者中有一个就是早已挂上号的“偷猎大队长”。此人凶悍且狡猾,一直与巡逻队周旋,两年来让巡逻队头疼不已。回到驻地,许多巡逻队员冲上来要揍“偷猎大队长”,他竟然镇定地望着他们,没有惧怕的样子。遗憾的是:那个国家的法律并没有明确规定偷猎者要坐牢, 所以这 3 个偷猎者只是被分别关押在巡逻队的黑屋子里。

开始那几天,总是有巡逻队员结伴找到“队长”,将他打得鼻青脸肿。法国学者听说了,赶去劝阻,却没有什么效果。更令学者惊慌的是:没有被抓获的偷猎者居然用金钱来巡逻队“活动”,以“营救”被捕的同伙。而巡逻队得到“好处”后,真的想放人了!学者与巡逻队交涉,最后只得到一个许可:让他与“队长”同住黑屋子,10 天后准时放人。

这 10 天是在“教育”中度过的,因为学者带了许多书籍、图片甚至一台录像机进去。外面的人除了定时给他们送饭、放风外,什么也不管。到了放人那天,凶悍且狡猾的“队长”一反常态,与大家握手道别,还保证以后不再干偷猎行当——谁相信呢?

事实证明“队长”没有违反诺言,那块地方除了零散的偷猎者,再也没有一支有组织有纪律的偷猎队出现过。

玻璃瓶中的机遇

别涅迪克博士是法国一家化学研究所的高级研究员。一次，在实验室里，他准备将一种溶液倒入烧瓶，一不小心烧瓶“咣当”落在了地上，糟糕!还得费时间打扫玻璃碎片，别涅迪克博士有些懊恼。然而，烧瓶并没有破碎，于是他弯下腰捡起烧瓶仔细观察，这只烧瓶和其他烧瓶一样普通，以前也曾有烧瓶掉在地上，但无一例外全都破成了碎片，为什么这只烧瓶仅有几道裂痕而没有破碎呢?别涅迪克博士一时找不到答案，于是他就把这只烧瓶贴上标签，注明问题，保存起来。

不久后的一天，在别涅迪克博士走进实验室前，他看到一张报纸上报道说市区有两辆客车相撞，车上的多数乘客被挡风玻璃的碎片划伤，其中一辆车的司机被一块碎玻璃刺穿面部而进入口腔。别涅迪克博士一下子想到了那只裂而不碎的烧瓶。他走进实验室拿过那只烧瓶，只见那只烧瓶的瓶壁有一层薄薄的透明的膜。别涅迪克博士用刀片小心地取下一点进行化验，结果表明，这只烧瓶曾盛过一种叫硝酸纤维素的化学溶液，那层薄薄的膜就是这种溶液蒸发后残留下来，遇空气后产生了反应，从而牢牢粘贴在瓶壁上起到保护作用。因为无色透明，所以一点儿也不影响视觉。“如果将这种溶液用于汽车玻璃的生产中，以后再发生类似的交通事故，乘客的生命安全系数不是更有保障吗?”别涅迪克博士因为这个小小的发现而荣登 20 世纪法国科学界突出贡献奖的榜首。

生死竞跑

一条品种优良的猎狗，被主人训练得壮硕无比，追捕猎物速度快，而且反应敏捷。

对于追捕猎物这件事，这只猎狗可以说驾轻就熟，就像熟练的渔夫捕鱼。

有一次，主人带着这只猎狗又去狩猎，老远发现一只狐狸，主人用枪射击，准头不够，让狐狸给脱逃了。

猎狗于是展开自己最拿手的追捕工作，森林是狐狸的天地，路径熟得很，但猎狗也不含糊，追捕之间，过程紧张迭起。

狐狸较为瘦小，跑不过猎狗，眼看就要被追上。突然，一个转身，狐狸朝另一条路跑去，猎狗一不留神，身子受了点儿擦伤，有点儿痛。

“唉!我追得这么累干吗!追不到狐狸，我也不会饿到肚子呀!”念头刚刚闪现，速度已经慢了下来。狐狸又跑远了。

“算了，现在早已脱离主人的视线，反正主人看不到。”

猎狗又起了放弃的念头，速度又迟缓起来。

狐狸终于逃离了猎狗的追捕。

敌人正是自己

驯鹿和狼之间存在着一种非常独特的关系，它们在同一个地方出生，又一同奔跑在自然环境极为恶劣的旷野上。大多数时候，它们相安无事地在同一个地方活动，狼不骚扰鹿群，驯鹿也不害怕狼。

在这看似和平安闲的时候，狼会突然向鹿群发动袭击。

驯鹿惊愕而迅速地逃窜，同时又聚成一群以确保安全。

狼群早已盯准了目标，在这追和逃的游戏里，会有一只狼冷不防地从斜刺里窜出，以迅雷不及掩耳之势抓破一只驯鹿的腿。

游戏结束了，没有一只驯鹿牺牲，狼也没有得到一点食物。

第二天，同样的一幕再次上演，依然从斜刺里冲出一只狼，依然抓伤那只已经受伤的驯鹿。

每次都是不同的狼从不同的地方窜出来做猎手，攻击的却只是那一只鹿。可怜的驯鹿旧伤未愈又添新伤，逐渐丧失大量的血和力气，更为严重的是它逐渐丧失了反抗的意志。当它越来越虚弱，已不会对狼构成威胁时，狼便群起而攻之，美美地饱餐一顿。

其实，狼是无法对驯鹿构成威胁的，因为身材高大的驯鹿可以一蹄把身材矮小的狼踢死或踢伤，可为什么到最后驯鹿却成了狼的腹中之食呢?

狼是绝顶聪明的，它一次次抓伤同一只驯鹿，让那只驯鹿一次次被失败击得信心全无，到最后它完全崩溃了，已忘了自己其实是个强者，忘了自己还有反抗的能力。当狼群攻击它时，它已没有勇气奋力一搏了。

娱乐与工作

曾有人向皮尔·卡丹请教过成功时秘诀，他很坦率地说："创新!先有设想，而后付诸实践，又不断进行自我怀疑。这就是我的成功秘诀。"

19世纪初的一天，23岁的皮尔·卡丹骑着一辆旧自行车，踌躇满志地来到了法国首都巴黎。他先后在"帕坎"、"希亚帕勒里"和"迪奥"这3家巴黎最负盛名的时装店当了5年的学徒。由于他勤奋好学，很快便掌握了从设计、裁剪到缝制的全过程，同时也确立了自己对时装的独特理解。他认为，时装是"心灵的外在体现，是一种和人联系的礼貌标志"。在巴黎大学的门前，一位年轻漂亮的女大学生引起了皮尔·卡丹的注意。这位姑娘虽然只穿了一件平常的连衣裙，但身材苗条，胸部、臀部的线条十分优美。皮尔·卡丹心想：这位姑娘如果穿上我设计的服装，定会更加光彩照人。于是，他聘请20多位年轻漂亮的女大学生，组成了一支业余时装模特队。

后来，皮尔·卡丹在巴黎举办了一次别开生面的时装展示会。伴随着优美的旋律，身穿各式时装的模特逐个登场，顿时令全场的人耳目一新。时装模特的精彩表演，使皮尔·卡丹的展示会获得了意外的成功，巴黎所有的报纸几乎都报道了这次展示会的盛况，订单雪片般地飞来。皮尔·卡丹第一次体验到了成功的喜悦。

这之后，在服装业中取得辉煌的成功之后，皮尔·卡丹又把目光投向了新的领域。他在巴黎创建了"皮尔·卡丹文化中心"，里面设有影院、画廊、工艺美术拍卖行、歌剧院等，成为巴黎的一大景观。

巴黎的一家高级餐馆"马克西姆餐厅"濒临破产。由于这家餐厅建于1893年，历史悠久，当店主打算拍卖时，美国、沙特阿拉伯等国家的大财团都企图买下。皮尔·卡丹不想让法国历史上有名的餐厅落到外国人手上，于是，他用150万美元的高价，买下了马克西姆餐厅。

皮尔·卡丹将简单的来餐厅用餐提高到一种生活享受的高度，不仅让客人品尝

到驰名世界的法式大菜，同时也让客人享受到马克西姆高水平、有特色的服务。经过皮尔·卡丹的精心调治，3 年后，马克西姆餐厅竟然奇迹般地复活了。它不但恢复了昔日的光彩，而且影响波及全球。

从一个小裁缝走向亿万富翁，皮尔·卡丹创造了一个商业王国的传奇，而所有这一切都是他用每天工作 18 个小时的代价换来的。“我的娱乐就是我的工作!”在皮尔·卡丹的那间绿色办公室里，有一个地球仪，这个没有时间娱乐的大师也许可以从中数清楚他的帝国在地球上有多少个站点。他从中感到了一种巨大的满足，一种生活的乐趣。

工作不是战斗

琳达是一个乐天派，她说工作对她来说就像是一块巧克力——因为她是一个非常喜欢吃巧克力的人，而她对工作也正是那么乐此不疲。这个来自她心灵真实的隐喻，带给她的是无比的快乐和热情。

工作也是你的巧克力吗?也许你说不是。那么工作对你来说是什么呢?是游戏?是战斗?是旅行?是煎熬?或者是别的什么?不管你的隐喻是什么，它都泄露了你现在的工作状态，你的隐喻总是在如实的反映你的内心，它是你内心的真实图景。

隐喻无所谓对错，无论你认为工作像什么，你都是对的，因为那是你真实的感受，你做到了对自己诚实无欺。当然，你心里知道有的隐喻带给你的是力量，有的隐喻却在隐蔽的扼杀着你的工作激情，让你停滞和烦躁。像琳达那样把工作当做自己最喜欢的巧克力的，她得到的就是巨大的工作热诚，她真的是在享受工作的乐趣，如同享受美味。可如果有个人一想起工作就觉得像要投入一场战斗，他的心气可能立刻就下去了，因为战斗意味着激烈、拼杀、残酷，其结果终究是一场血腥。终日守着这样的隐喻的人，工作的效果和效率恐怕都要降到零了。

好在隐喻并不是一个不能改变的东西，只要我们意识到不好的隐喻带给我们的巨大的负面力量，而愿意积极的改变隐喻，从而改变我们内心体验。工作在一个人的体验里是美味而在另一个人的体验里却是战斗，这其实与工作的本身或许关系不大。因为隐喻是我们感受形象化的产物，它实际上是一个完全主观的东西，就好像我们会对同一件事情有不同的看法、观点一样。所以，改变隐喻实际上是一件很简单的事情，因为你实在不必守着你原来的隐喻不放，那不是事实，那只是你心里的真实。改变隐喻的同时，你将在瞬间借着隐喻的力量改变你对工作的体验。

破局而出

人的一生一定要努力避开一种人，那种时常泼你冷水的人。有个妈妈在厨房洗碗，她听到小孩在后院蹦蹦跳跳玩耍的声音，便对他喊道："在干吗?"小孩回答："我要跳到月球上!"你猜妈妈怎么说?她没有泼冷水，骂他"小孩子不要胡说"或"赶快进来洗干净"之类的话，而是说："好，不要忘记回来喔!"这个小孩后来成为第一位登陆月球的人，他就是阿姆斯特朗。

有时候我想去听音乐会，想邀朋友一起去，他们常常泼我冷水："算了吧，搞这套!"我说要去看芭蕾舞，他们更不屑："你真的有这个兴致?那你自己去吧!"

谈到热忱，我真心觉得不该泼别人冷水，最好也不要跟爱泼冷水的人在一起，因为，拥有热忱，可以让你做出很多原本可能做不到的事。

有次卡耐基在美国开年会，有位演讲者提醒大家，旅馆房间的门上都挂了一个牌子，上面写着"请勿打扰"，但是有多少人知道，自己天天从家里到办公室，脖子上仿佛也挂了这么一个牌子。由于你对一切事物缺乏热忱，同事不喜欢跟你合作，顾客也觉得最好离你远一点。

你也把这块牌子带回家，小孩不敢跟你玩，太太也小心避开你。你一定想把脖子上的牌子拿掉吧?

鹰的启示

老鹰是世界上寿命最长的鸟类,它一生的年龄可达 70 岁。要活那么长的寿命,它在 40 岁时必须做出困难却重要的决定。当老鹰活到 40 岁时,它的爪子开始老化,无法有效地抓住猎物。它的喙变得又长又弯,几乎碰到胸膛。它的翅膀变得十分沉重,因为它的羽毛长得又浓又厚,使得飞翔十分吃力。这时候,它只有两种选择:等死,或经过一个十分痛苦的更新过程——150 天漫长的操练。它必须很努力地飞到山顶,在悬崖上筑巢。停留在那里,不得飞翔。老鹰首先用它的喙击打岩石,直到老的喙完全脱落。然后静静地等候新的喙长出来,它会用新长出的喙把指甲一根一根的拔出来。当新的指甲长出来后,它们便把羽毛一根一根的拔掉。5 个月以后,新的羽毛长出来了,老鹰开始飞翔,重新再过 30 年的岁月!

羚羊与狼的启示

一位动物学家在考察生活于非洲奥兰治河两岸的动物时，注意到河东岸和河西岸的羚羊大不一样，前者繁殖能力比后者更强，而且奔跑速度每分钟要快13米。他感到十分奇怪，既然环境和食物二者相同，差别何以如此之大呢？

为了解开这个谜，动物学家和当地动物保护协会进行了一项实验：在河两岸分别捉10只羚羊送到对岸生活。结果送到西岸的羚羊繁殖到了14只，而送到东岸的羚羊只剩下3只，另外7只被狼吃掉了。谜底终于揭开了，原来东岸的羚羊之所以身体强健是因为它们附近居住着一群狼，这使得羚羊天天处在“竞争氛围”之中。为了生存下去，它们变得越来越有战斗力。而西岸的羚羊长得弱不禁风，恰恰就是因为缺少天敌，没有生存压力。

靠自己

小蜗牛问妈妈:为什么我们从生下来,就要背负这个又硬又重的壳呢?

妈妈:因为我们的身体没有骨骼的支撑,只能爬,又爬不快。所以要这个壳的保护!

小蜗牛:毛虫姐姐没有骨头,也爬不快,为什么她却不用背这个又硬又重的壳呢?

妈妈:因为毛虫姐姐能变成蝴蝶,天空会保护她啊。

小蜗牛:可是蚯蚓弟弟也没骨头爬不快,也不会变成蝴蝶,他为什么不背这个又硬又重的壳呢?

妈妈:因为蚯蚓弟弟会钻土,大地会保护他啊。

小蜗牛哭了起来:我们好可怜,天空不保护,大地也不保护。

蜗牛妈妈安慰他:所以我们有壳啊!我们不靠天,也不靠地,我们靠自己。

成功

贝尔纳是法国著名的作家，一生创作了大量的小说和剧本，在法国影剧史上占有特别的地位。有一次，法国一家报纸进行了一次有奖智力竞赛，其中有这样一个题目：如果法国最大的博物馆卢浮宫失火了，情况只允许抢救出一幅画，你会抢救哪一幅？结果在该报收到的成千上万回答中，贝尔纳的答案获得了该题的最佳答案。他的回答是："我抢离出口最近的那幅画。"

洛克菲勒与儿子

石油大王洛克菲勒的孩子生性多疑。有一天父子俩在贮藏室收拾东西，父亲让孩子爬上一个高高的架子，孩子说："我上去了，您把梯子抽走，我就下不来了。"

父亲说："放心吧，儿子，相信我。"孩子爬上去，洛克菲勒把梯子抽走了。

儿子说："您为什么骗我？"

父亲说："我要让你记住，一切要靠自己，不要指望任何承诺。自己跳下来吧。"

不愧是洛克菲勒的儿子，孩子踌躇再三，闭着眼，流着泪往下一跃，带着一肚子的委屈、愤懑和仇恨。洛克菲勒张开双臂把孩子稳稳地接在怀里。孩子诧异地睁开眼睛。

父亲抚摸着儿子温软的头发，柔声说："我要让你记住，这世上如果连父亲都不能相信，还能相信谁呢?"

第一份工作

威廉现在是《纽约时报》的一位著名记者。他总津津乐道地述说他是怎样找到第一份工作的。当时，他紧张兮兮地等在办公室门外，申请材料已经送进去了。

一会儿门开了，一个小职员出来：

“主任要看您的名片。”

威廉从来就没有准备过什么名片，灵机一动，他拿出一副扑克抽出一张黑桃A说：“给他这个。”半小时后，威廉被录取了，黑桃A真是一张好牌。

另一种地狱

有一个人死后，在去见阎王的路上，路过一座金碧辉煌的宫殿，宫殿的主人请求他留下来居住，这个人说："我在人世间辛辛苦苦地忙碌了一辈子，我现在只想吃，只想睡，我讨厌工作。"

宫殿主人答道："若是这样，那么世界上再也没有比我这里更适合你居住的了。我这里有山珍海味，你想吃什么就吃什么，不会有人来阻止你；我这里有舒适的床铺，你想睡多久就睡多久，不会有人来打扰你；而且，我保证没有任何事需要你做。"

于是，这个人就住了下来。

开始的一段日子，这个人吃了睡，睡了吃，感到非常快乐。渐渐地，他觉得有点寂寞和空虚，于是他就去见宫殿的主人，抱怨道："这种每天吃吃睡睡的日子过久了一点意思都没有，我现在是满脑肥肠了，对这种生活已经提不起一点兴趣了。你能否给我找一份工作?"

宫殿的主人答道："对不起，我们这里从来就不曾有过工作。"

又过了几个月，这个人实在受不了了，又去见宫殿的主人："这种日子我实在受不了。如果你不给我工作，我宁可去下地狱，也不要再住这里了。"

宫殿的主人轻轻地笑了："你以为这里是天堂吗?这里本来就是地狱啊!"

安逸的生活原来也是一种地狱!它虽然没有刀山可上，没有火海可下，没有油锅可赴，可它能渐渐地毁灭你的理想，腐蚀你的心灵，甚至可以让你变成一具行尸走肉。

把信带给加西亚

在美西战争期间,美国必须立即跟西班牙的反抗军首领加西亚将军取得联系,而加西亚正在古巴丛林的山里,没有人知道确切的地点,所以无法写信或打电话给他。美国总统必须尽快地获得他的合作。这时,有人说:“有一个叫罗文的人,他有办法找到加西亚。”

当罗文从总统手中接过写给加西亚的信之后,并没有问:“他在什么地方?怎么去找?”他经过千辛万苦,在几个星期后,把信交给了加西亚。

就是这么简单的一个故事,但是,它却流传到世界各地。《把信带给加西亚》的作者这样写道:

“像他这种人,我们应该为他塑造不朽的雕像,放在每一所大学里。年轻人所需要的不是学习书本上的知识,也不是聆听他人种种的指导,而是要加强一种敬业精神,对于上级的托付,立即采取行动,全心全意去完成任务——‘把信带给加西亚’。

“凡是需要众多人手的企业经营者,有时候都会因为一般人的被动,无法或不愿专心去做一件事而大吃一惊,懒懒散散、漠不关心、马马虎虎的做事态度,似乎已经变成常态;除非苦口婆心、威逼利诱地叫属下帮忙,或者除非奇迹出现,上帝派一名助手给他,没有人能把事情办成。

“我钦佩的是那些不论老板是否在办公室都努力工作的人;我也敬佩那些能够把信交给加西亚的人,静静地把信拿去,不会提出任何愚笨问题,也不会存心随手把信丢进水沟里,而是不顾一切地把信送到。这种人永远不会被‘解雇’,也永远不必为了要求加薪而罢工,这种人不论要求任何事物都会获得。他在每个城市、乡镇、村庄,每个办公室、公司、商店、工厂,都会受到欢迎。世界上急需这种人才,这种能够把信带给加西亚的人。”

世界冠军与蚊子

在一场举世瞩目的赛事中，台球世界冠军已走到卫冕的门口。他只要把最后那个8号黑球打进球门，凯歌就奏响了。就在这时，不知从什么地方飞来一只蚊子。蚊子第一次落在握杆的手臂上。有些痒，冠军停下来。蚊子飞走了，这回竟飞落在了冠军锁着的眉头上。冠军不情愿地只好停下来，烦躁地去打那只蚊子。蚊子又轻捷地脱逃了。冠军做了一番深呼吸再次准备击球。

天啊!他发现那只蚊子又回来了，像个幽灵似的落在了8号黑球上。冠军怒不可遏，拿起球杆对着蚊子捅去。蚊子受到惊吓飞走了，可球杆触动了黑球，黑球当然也没有进洞。按照比赛规则，该轮到对手击球了。对手抓住机会死里逃生，一口气把自己该打的球全打进了。

卫冕失败，冠军恨死了那只蚊子。可惜的是他后来患了重病，再也没有机会走上赛场。临终时他还对那只蚊子耿耿于怀。

插向自己的刀

一家公司招聘职员，最后要从三位应聘人员中选出两个。

他们给出的题目是这样的：假如你们三个人一起去沙漠探险，在返回的路途中，车子抛锚了，你们还有很多的路要走，可是你们三个人只能从七样东西中选择四样随身带着。你会选什么？这七样东西分别是：镜子、刀、帐篷、水、火柴、绳子、指南针。而其中帐篷只能住两个人，水也只有一瓶矿泉水。

甲男说："害人之心不可有，防人之心不可无。这帐篷只够两个人睡，水只有一瓶，万一要争起来，女孩子我可以让着点，这男的，要是为了争夺生存机会想害我呢？所以，我把刀拿到手，也就等于把所有主动权控制在了手中。"

乙女和丙男选的四样物品相同：水、帐篷、火柴、绳子。

乙女解释说："镜子在沙漠里没什么用，就不要了；指南针呢，只要有手表也就行了；刀不必要，在这茫茫的沙漠上，没有一点活物，更别说是对人具有攻击性的动物了；而水是必需品，虽然只够两个人喝，但可以省着点，相信也能够三个人一起坚持到最后；帐篷虽然只能容纳两个人睡，但是可以三个人轮换着来休息；火柴也是路上必不可少的；而绳子可以用来把三个人绑在一起，这样在风沙很大目不见物的时候，就不会失散了队伍，而且如果遇到沙崩，有同伴掉到沙堆底下，还可以用绳子把他拉回来。"丙男给出的解释与乙女相同。

最后，三位候选人中获聘的是乙女和丙男两位。

探险恐怖角

迈克·英泰尔37岁那年做了一个疯狂的决定:放弃他薪水优厚的记者工作,把身上仅有的三块多美元捐给街角的流浪汉,只带了干净的内衣裤,决定由阳光明媚的加利福尼亚州,靠搭便车与陌生人的好心,横越美国。

他的目的地是美国东岸北卡罗莱纳州的"恐怖角"(CapFear)。

这是他精神快崩溃时做的一个仓促决定。某个午后他"忽然"哭了,因为他问了自己一个问题:如果有人通知我今天死期到了,我会后悔吗?答案竟是那么的肯定。虽然他有好工作、美丽的同居女友、亲友,他发现自己这辈子从来没有下过什么赌注,平顺的人生从没有高峰或谷底。

他为自己懦弱的上半生而哭。

一念之间,他选择北卡罗莱纳的恐怖角作为最终目的,借以象征他征服生命中所有恐惧的决心。

他检讨自己,很诚实地为他的"恐惧"开出一张清单:打从小时候他就怕保姆、怕邮差、怕鸟、怕猫、怕蛇、怕蝙蝠、怕黑暗、怕大海、怕飞、怕城市、怕荒野、怕热闹又怕孤独、怕失败又怕成功、怕精神崩溃……他无所不怕,却似乎"英勇"地当了记者。

这个懦弱的37岁男人上路前竟还接到奶奶的纸条:"你一定会在路上被人杀掉。"但他成功了,4000多里路,78顿餐,仰赖82个陌生人的好心。

没有接受过任何金钱的馈赠,在雷雨交加中睡在潮湿的睡袋里,也有几个像公路分尸案杀手或抢匪的家伙使他心惊胆战,在游民之家靠打工换取住宿,住过几个破碎家庭,碰到不少患有精神疾病的好心人,他终于来到恐怖角,接到女友寄给他的提款卡(他看见那个包裹时恨不得跳上柜台拥抱邮局职员)。他不是为了证明金钱无用,只是用这种正常人会觉得"无聊"的艰辛旅程来使自己面对所有恐惧。

恐怖角到了,但恐怖角并不恐怖。原来"恐怖角"这个名称,是由一位16世纪的探险家取的,本来叫"CapeFaire"(仙女角),被讹写为"CapeFear"(恐怖角),只是一个失误。

只赚一分钱

前不久，绍兴市政府在诸暨召开的“发展民营经济经验交流会”上，道出了当地特殊的经济发展模式——三块五毛钱一双的高档精纺袜，只赚一分钱就卖!只赚一分钱，这令不少与会的见多识广的专家吃惊不小，很多企业主更是不敢相信。

然而，就是这毫不起眼的一分钱利润，培育出了数不清的百万富翁。他们给与会者算了一笔账：一双袜子赚一分钱，一个普通摊位每个月要是销出 70 万到 80 万双袜子，也就有 7000 元到 8000 元的利润，一年下来就有将近 10 万元。

如今，在诸暨大唐镇，大唐袜业市场拥有 1600 间摊位。去年，这里销出了超过 70 亿双袜子。同样在绍兴市，唯一拥有中国驰名商标的浙江某集团，除了在全国各地的大商场内和商业街上开柜台和专卖店外，还做着一项鲜为人知的生意：在超市里卖三四十元一条的西裤。

面对疑问，该集团董事长解释：“尽管超市西裤价格比较低，利润不大，但是 3 个月就结一次款，资金可以马上回笼，没有积压的风险。你不要看不起那一点点的利润，积少成多，去年我们在上海几个大超市，一年就做了 1000 多万元的生意。何乐而不为呢?”

这里还有一个类似的例子，说的是深圳一个半文盲的妇女，起初她给人家当保姆，后来在拥挤的街头摆小摊卖胶卷。她认死理，一个胶卷永远只赚一毛钱。市场上的柯达胶卷卖 22 元时。她只卖 15.1 元，不想，后来批发量却大得惊人，生意也越做越大。

现在，在深圳，她的摄影器材店，可以说搞摄影的无人不晓。

缺陷

有一个十岁的小男孩，长得身强力壮，虎头虎脑。不幸的是他的左臂在一次车祸中失去了，但这个男孩十分想学柔道。

起初，没人肯收他，后来他的决心终于打动了一位日本柔道大师。于是他开始学习柔道。他学得不错，可是练了三个月，师傅只教了他一招，小男孩有点弄不懂了。

他终于忍不住问师傅："我是不是应该再学学其他招数？"

师傅回答说："不错，你的确只会一招，但你只需要会这一招就够了。"

小男孩并不是很明白，但他很相信师傅，于是就继续照着练了下去。

几个月后，师傅第一次带小男孩去参加比赛。小男孩自己都没有想到居然轻轻松松地赢得了前两轮。第三轮稍稍有点艰难，但对手还是很快就变得有些急躁，连连进攻，小男孩敏捷地施展出自己的那一招，又赢了。就这样，小男孩迷迷瞪瞪地进入了决赛。

决赛的对手比小男孩高大、强壮许多，也似乎更有经验。有一度小男孩显得有点招架不住，裁判担心小男孩会受伤，就叫了暂停，还打算就此终止比赛，然而师傅不答应，坚持说："继续下去！"

比赛重新开始后，对手放松了戒备，小男孩立刻使出他的那一招，制服了对手，由此赢了比赛，得了冠军。

回家的路上，小男孩和师傅一起回顾每场比赛的每一个细节，小男孩鼓起勇气道出了心里的疑问："师傅，我怎么就凭一招就赢得了冠军？"

师傅答道："有两个原因：第一，你几乎完全掌握了柔道中最难的一招；第二，就我所知，对付这一招唯一的办法是对手抓住你的左臂。"所以，小男孩失去的左臂成了他赢得冠军的力量。

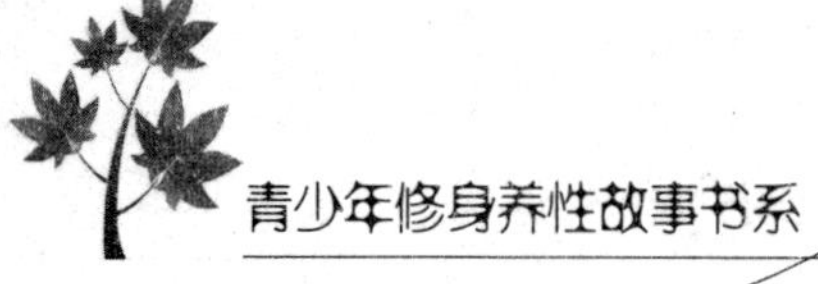

破桶与花朵

一位挑水夫,有两个水桶,分别吊在扁担的两头,其中一个桶子有裂缝,另一个则完好无缺。在每趟长途的挑运之后,完好无缺的桶子,总是能将满满一桶水从溪边送到主人家中,但是有裂缝的桶子到达主人家时,却剩下半桶水。

两年来,挑水夫就这样每天挑一桶半的水到主人家。当然,好桶子对自己能够送满整桶水感到很自豪。破桶子呢?对于自己的缺陷则非常羞愧,他为只能负起责任的一半,感到非常难过。

饱尝了两年失败的苦楚,破桶子终于忍不住,在小溪旁对挑水夫说:“我很惭愧,必须向你道歉。”“为什么呢?”挑水夫问道,“你为什么觉得惭愧?”“过去两年,因为水从我这边一路的漏,我只能送半桶水到你主人家,我的缺陷,使你做了全部的工作,却只收到一半的成果。”破桶子说。挑水夫替破桶子感到难过,他蛮有爱心地说:“我们回到主人家的路上,我要你留意路旁盛开的花朵。”

果真,他们走在山坡上,破桶子眼前一亮,看到缤纷的花朵,开满路的一旁,沐浴在温暖的阳光之下,这景象使它开心了很多!但是,走到小路的尽头,它又难受了,因为一半的水又在路上漏掉了!破桶子再次向挑水夫道歉。挑水夫温和地说:“你有没有注意到小路两旁,只有你的那一边有花,好桶子的那一边却没有开花呢?我明白你有缺陷,因此我善加利用,在你那边的路旁撒了花种,每回我从溪边来,你就替我一路浇了花!两年来,这些美丽的花朵装饰了主人的餐桌。如果你不是这个样子,主人的桌上也没有这么好看的花朵了!”

悬崖上的一朵花

一次朋友聚会,大家一起聊了许多,一位朋友讲述了她的一个故事:我的老公是学理科的,当初我喜欢他,是因为他的稳重,依靠在他的肩上有暖暖的踏实,三年的恋爱,两年的婚姻,而我已倦了。

当初的喜欢,是现在倦他的根源,我是个感性的小女人,敏感细腻,渴望浪漫,如孩提时代渴望美丽的糖果。而他,却天性不善于制造浪漫,木讷到让我感受不到爱的气息。

某天,我终于鼓起勇气说:"我们分手吧。"他问:"为什么?"我说:"倦了,就不需要理由了。"

一个晚上,他只抽烟不说话。

我的心越来越凉,连挽留都不会表达的男人,他能给我什么样的快乐?

他说:"怎么做你才可以改变?"

人说本性难改,我想我已经不对他抱什么希望了。

望着他的眼睛,我慢慢地说:"回答一个问题,如果你能答到我心里就可以,比如我非常喜欢悬崖上的一朵花,而你去摘的结果是百分之百的死亡,你会不会摘给我?"

他说:"明天早晨告诉你答案好吗?"我的心灰下去。

早晨醒来,他已经不在,只有一张写满字的纸压在温热的牛奶杯子下。

第一行,就让我凉透了。

"亲爱的,我不会去摘,但请容许我陈述不去摘的理由:你只会用计算机打字,却总把程序弄得一塌糊涂,然后对着键盘哭,我要留着手指给你整理程序;你出门总是忘记带钥匙,我要留着双脚跑回来给你开门;酷爱旅游的你在自己的城市里都

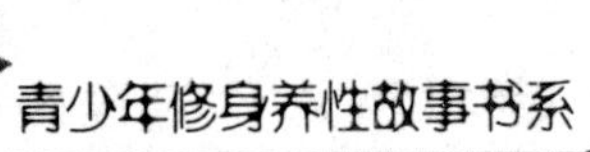

常常迷路，我要留着眼睛给你带路；每月好朋友光临时，你总是全身冰凉，还肚子疼，我要留着掌心温暖你的小腹；你不爱出门，我担心你会患上自闭症，留着嘴巴驱赶你的寂寞；你总是盯着计算机，眼睛给糟蹋得不太好了，我要好好活着，等你老了，给你修剪指甲，帮你拔掉让你懊恼的白发，拉着你的手，在海边享受美好的阳光和柔软的沙滩，告诉你一朵花的颜色，像你青春的脸，所以，在我不能确定有人比我更爱你之前，我不想去摘那朵花。"

我的泪滴在纸上，形成晶莹的花朵，抹净泪，继续往下看："亲爱的，如果你已经看完了，答案还让你满意，请你开门吧，我正站在门外，手里提着你喜欢吃的鲜奶面包……"

开门，我看见他的脸，紧张得像个孩子，只是把捏着面包的手在我眼前晃晃。

是的，是的，我确定，没人比他更爱我，所以我不想要那朵花。

幸福的诠释

有一个人，他生前善良而且热心助人，所以在他死后，升上天堂，做了天使。

他当了天使后，仍时常到凡间帮助人，希望能感受到幸福的味道。

有一天，他遇见一个农夫，农夫的样子非常烦恼，他向天使诉说："我家的水牛刚死了，没牛帮忙犁田，那我怎能下田工作呢？"

于是天使赐给他一只健壮的水牛，农夫很高兴，天使在他身上感受到幸福的味道。

又有一天，他遇见一个男人，男人非常沮丧，他向天使诉说："我的钱都被骗光了，没有盘缠回乡。"

于是天使送给他银两做路费，男人很高兴，天使在他身上感受到幸福的味道。

又一日，他遇见一个诗人，诗人年轻、英俊、有才华而且富有，妻子貌美又温柔，但他却过得不快乐。

天使问他："你不快乐吗？我能帮你吗？"

诗人对天使说："我什么都有，只欠一样东西，你能够给我吗？"

天使回答说："可以。你要什么我都可以给你。"

诗人直直地望着天使："我想要的是幸福。"

这下子把天使难倒了，天使想了想，说："我明白了。"

天使把诗人所拥有的都拿走，拿走诗人的才华，毁去他的容貌，夺去他的财产和他妻子的性命，天使做完这些事后，便离去了。

一个月后，天使再回到诗人的身边，他那时饿得半死，衣衫褴褛地在躺在地上挣扎。于是，天使把他的一切还给他，然后，又离去了。

半个月后，天使再去看看诗人。这次，诗人搂着妻子，不住向天使道谢，因为，他得到幸福了。

现在的幸福

从前，有一座圆音寺，每天都有许多人上香拜佛，香火很旺。在圆音寺庙前的横梁上有个蜘蛛结了张网，由于每天都受到香火和虔诚祭拜的熏陶，蜘蛛便有了佛性。经过了一千多年的修炼，蜘蛛佛性增加了不少。

忽然有一天，佛祖光临了圆音寺，看见这里香火甚旺，十分高兴。离开寺庙的时候，不轻易间地抬头，看见了横梁上的蜘蛛。佛祖停下来，问这只蜘蛛："你我相见总算是有缘，我来问你个问题，看你修炼了这一千多年来，有什么真知灼见。怎么样？"

蜘蛛遇见佛祖很是高兴，连忙答应了。佛祖问道："世间什么才是最珍贵的？"

蜘蛛想了想，回答道："世间最珍贵的还是'得不到'和'已失去'。"

你继续修炼吧，一千年后再来回答我的问题。

就这样又过了一千年的光景，蜘蛛依旧在圆音寺的横梁上修炼，它的佛性大增。一日，佛祖又来到寺前，对蜘蛛说道："你可还好，一千年前的那个问题，你可有什么更深的认识吗？"

蜘蛛说："我觉得世间最珍贵的是'得不到'和'已失去'。"

佛祖说："你再好好想想，我会再来找你的。"

又过了一千年，有一天，刮起了大风，风将一滴甘露吹到了蜘蛛网上。蜘蛛望着甘露，见它晶莹透亮，很漂亮，顿生喜爱之意。蜘蛛每天看着甘露很开心，它觉得这是三千年来最开心的几天。突然，又刮起了一阵大风，将甘露吹走了。蜘蛛一下子觉得失去了什么，感到很寂寞和难过。

这时佛祖又来了，问蜘蛛："这一千年，你可好好想过这个问题，世间什么才是最珍贵的？"

蜘蛛想到了甘露，对佛祖说："世间最珍贵的是'得不到'和'已失去'。"

佛祖说："好，既然你有这样的认识，我让你到人间走一朝吧。"

就这样，蜘蛛投胎到了一个官宦家庭，成了一个富家小姐，父母为她取了个名字叫蛛儿。一晃，蛛儿到十六岁了，已经成了个婀娜多姿的少女，长得十分漂亮，楚楚动人。

这一日，皇上在后花园为新科状元郎甘鹿举行庆功宴。

酒宴上来了许多妙龄少女，包括蛛儿，还有皇帝的小女儿长风公主。状元郎在席间表演诗词歌赋，大献才艺，在场的少女无一不为他倾倒。但蛛儿一点也不紧张和吃醋，因为她知道，这是佛祖赐予她的姻缘。

过了些日子，说来很巧，蛛儿陪同母亲上香拜佛的时候，正好甘鹿也陪同母亲而来。上完香拜过佛，二位长者在一边说上了话。蛛儿和甘鹿便来到走廊上聊天，蛛儿很开心，终于可以和喜欢的人在一起了，但是甘鹿并没有表现出对她的喜爱。

蛛儿对甘鹿说："你难道不曾记得十六年前，圆音寺的蜘蛛网上的事情了吗？"

甘鹿很诧异，说："蛛儿姑娘，你漂亮，也很讨人喜欢，但你想象力未免丰富了一点吧。"说罢，和母亲离开了。

蛛儿回到家，心想，佛祖既然安排了这场姻缘，为何不让他记得那件事，甘鹿为何对我没有一点的感觉？

几天后，皇帝下诏，命新科状元甘鹿和长风公主完婚，蛛儿和太子芝草完婚。这一消息对蛛儿如同晴空霹雳，她怎么也想不到，佛祖竟然这样对她。几日来，她不吃不喝，穷究急思，灵魂就将出壳，生命危在旦夕。

太子芝草知道了，急忙赶来，扑倒在床边，对奄奄一息的蛛儿说道："那日，在后花园众姑娘中，我对你一见钟情，我苦求父皇，他才答应。如果你死了，那么我也就不活了。"

说着就拿起了宝剑准备自刎。

就在这时，佛祖来了，他对快要出壳的蛛儿灵魂说："蜘蛛，你可曾想过，甘露(甘鹿)是由谁带到你这里来的呢？是风(长风公主)带来的，最后也是风将它带走的。甘鹿是属于长风公主的，他对你不过是生命中的一段插曲。而太子芝草是当年圆音寺门前的一棵小草，他看了你三千年，爱慕了你三千年，但你却从没有低下头看过它。蜘蛛，我再来问你，世间什么才是最珍贵的？"

蜘蛛听了这些真相之后，好像一下子大彻大悟了，她对佛祖说："世间最珍贵的不是'得不到'和'已失去'，而是现在能把握的幸福。"

刚说完，佛祖就离开了，蛛儿的灵魂也回位了，睁开眼睛，看到正要自刎的太子芝草，她马上打落宝剑，和太子深情地拥抱着……

去看医生

一位少妇到老中医那里求诊，她已经多日茶饭不思，夜里无眠，身体乏力，日渐消瘦……老中医给她切过脉，观过舌象，便说："你心中有太多的苦恼事，体有虚火，并无大病。"少妇听了，如遇知音，于是便倾诉心中的种种烦恼。

老中医又问起她的另外一些情况："丈夫对你感情如何?" 少妇脸上有了笑容，说："很是疼爱我，结婚十年从未红过脸。"老中医又问："是否有孩子?"少妇眼里闪出光彩，说："一个女孩，很聪明，也很懂事。"老中医又问："种的庄稼年年都遭灾减收吗?"少妇赶忙摇头说："已连续三年大丰收了……"

老中医边问边写，然后把写满字的两张纸放到少妇面前。一张上写着她的苦恼事，一张上写着她的快乐事，对少妇说：这两张纸就是治病的药方，你把苦恼事看得太重了，忽视了身边的快乐。说着，老中医让徒弟取来一盆水，一只猪苦胆，把胆汁滴入水盆中，那浓绿色的胆汁在水中淡开，很快就不见了踪影。老中医说："胆汁入水，味则变淡，人生何不如此?"

财主的苦恼

一个村庄里,住着一个名叫阿拉的财主。他家土地很多,父辈也留下了很多财产。可是人们都叫他吝啬鬼,因为他遇到要紧的事,哪怕叫他花一个小钱,他也十分不高兴。他日思夜想的是:怎样才能发大财,好让他曾孙的曾孙也能舒舒服服地享受。

一天,村上来了一位修道的圣人。没过几天,附近的村子都传开了:这位圣人能够满足每个人的任何愿望。财主一听说这消息,心里乐开了花。他认为他一生中最大的愿望很快就要实现了。他立即来到圣人面前,把自己的愿望告诉圣人。圣人慈祥地让他在自己身边坐下,问了问他家中的情况。圣人听他讲完,心中就明白了。他觉得应该对这个财主进行教育,这样才会使他真正明白做人的意义。圣人微笑着说:“阿拉先生,你的愿望一定能实现,不过有一个条件。”

财主先是吓了一跳,马上想到:这位圣人莫非是想叫我施舍财物?他于是壮了壮胆说:“什么条件?请说吧,先生,我一定照办。”

圣人见财主这么说,就对他讲:“你家旁边住着一户穷人家,家中只有母女两人。明天你给她们送一点粮食去。”

不就几颗粮食嘛,这对财主阿拉来说,不算一件什么难事。他欢天喜地地回家去了。

第二天一早,他沐浴更衣,然后拿着粮食来到那户穷人的家里。穷母女俩正忙着干自己的活,谁也没有注意他进来。阿拉说:“请收下这点儿粮食吧,这样你们今天就有吃的了。”

母亲说:“兄弟,今天我们有粮食吃,我们不要,请你拿回去吧。”

“哎,过了今天还有明天哩,留着明天吃吧。”

“明天的事我们不担心。兄弟,天无绝人之路,老天爷不会让我们饿死的!”母亲

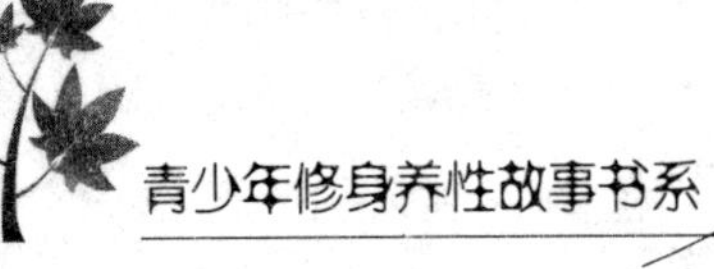

说完又埋头忙自己的活了。

听了这位母亲的话，阿拉先是十分惊愕，接着他似乎从中明白了一点什么道理。他想:这户穷苦人家是多么快乐,她们不为明天而担忧。可是我呢,整天为自己曾孙的曾孙忧虑!

阿拉没有回家,他从穷人家直接来到圣人住的地方。他向圣人行了礼,说:“感谢您,大圣人!是您给了我幸福的钥匙。说真的,不知足的人在这世界上是永远不会找到幸福的。”

智者与年轻人

一个修行多年的智者，在路上遇见一个疲惫不堪，没有神采的年轻人。这个年轻人唉声叹气，满脸愁云惨雾。“年轻人，你为什么这样的郁郁不乐呢?”智者关心地问。年轻人看了一眼智者，叹了口气：“我是一个名副其实的穷光蛋。我没有房子，没有老婆，更没有孩子；我也没有工作，没有收入，整天饥一顿饱一顿地度日。智者，像我这样一无所有的人，怎么能高兴得起来呢?”“傻孩子，”智者笑道，“其实你不该如此的灰心丧气，你还是很富有的!”“为什么?”年轻人不解地问。“因为，你其实是一个百万富翁呢。”智者有点诡秘地说。“百万富翁?智者，您别拿我这穷光蛋寻开心了。”年轻人不高兴了，转身就走。“我怎么会拿你寻开心呢?现在，你回答我几个问题。”

“什么问题?”年轻人有点儿好奇。

“假如，我用20万元买走你的健康，你愿意吗?”

“不愿意。”年轻人摇摇头。

“假如，现在我再出20万元，买走你的青春，让你从此变成一个小老头儿，你愿意吗?”

“当然不愿意!”年轻人干脆地回答。

“假如，我再出20万元，买走你的面貌，让你从此变成一个丑八怪，你可愿意吗?”

“不愿意!当然不愿意!”年轻人的头摇得像个拨浪鼓。

“假如，我再出20万元，买走你的智慧，让你从此浑浑噩噩，度此一生，你可愿意?”

“傻瓜才愿意!”年轻人一扭头，就想走开。

“别急，请回答我的最后一个问题，假如我再出20万，让你去杀人放火，让你失去良知，你愿意吗?”

“天哪!干这种缺德事,魔鬼才愿意!”年轻人愤愤道。

“好了,刚才我已经开价 100 万元了,仍然买不走你身上的任何东西,你说,你不是百万富翁,又是什么?”智者微笑着问。

年轻人恍然大悟,他笑着谢过智者的指点。从此,他振奋精神,微笑着寻找自己的新生活去了。

谁最痛苦

古印度有个故事,说佛陀为了消除人间的疾苦,就从人间挑选了100位自认为最痛苦的人,让他们把各自的痛苦写在纸上。

写完后,佛陀说:“现在,把你们手里的纸条相互交换一下。”

这100个人交换过手里的纸条后,个个十分惊奇,都争着从别人那里抢回自己写的。

这其中有两层含义:一是说每个人都有自己的痛苦,因为看问题的角度、人生观等的不同,所以每个人的痛苦都不一样;再一点就是,别人的痛苦比你更多更大,相比之下,你的那点痛苦就显得很渺小了。

只是,你以前为什么没有意识到呢?为什么要老张着眼睛羡慕别人呢?

绊脚石与垫脚石

一个走夜路的人碰到一块石头上,他重重地跌倒了。他爬起来,揉着疼痛的膝盖继续向前走。

他走进了一个死胡同。前面是墙,左面是墙,右面也是墙。

前面的墙刚好比他高一头,他费了很大力气也攀不上去。

忽然,他灵机一动,想起了刚才绊倒自己的那块石头,为什么不把它搬过来垫在脚底下呢?想到就做,他折了回去,费了很大力气,才把那块石头搬了过来,放在墙下。

踩着那块石头,他轻松地爬到了墙上,轻轻一跳,他就越过了那堵墙。

重要的日子

威尔斯本来不打算近几天给妻子科拉买任何礼物，但当他看见红色玻璃水果盘时，不由得心头一动，那几乎是他见过的最漂亮的水果盘。他心想无缘无故地给她买件礼物肯定会让她大吃一惊，她太喜欢这一类东西了，不过他自己对这些东西可一窍不通。

“让我看一下这个吧。”威尔斯对售货员说。

“好的，先生，您要不要和水果盘配套的水果碟？”

他突然想起带的钱不够，连忙抱歉地说：“今天不买了，谢谢，以后再买吧。”几分钟后，他踏上了回家的路。

他们住在一间面积不太大的房子里。尽管这间房子相当古老，可位置极佳，这儿离威尔斯工作的办公室不远。在屋前拐弯处，有一个车站，过两条横马路就是大商场，科拉在那儿几乎能买到她需要的所有东西。邻居都非常友好，他们经常在一起度过一些美好的时光。总之，他俩在这儿生活得非常幸福。第二天早上，当威尔斯离家上班时，发现科拉似乎心事重重。她是一个温柔、多情的女人，每天，她都要吻别他，说声“再见”，然后，有点不舍地目送他去上班。可今天她很少说话，只提醒他一定给弗兰克大伯送去生日卡片。

威尔斯问她是不是不舒服。“不。”她答道。

但威尔斯明显感觉到肯定有什么事情搅乱着她的心。那么是什么事呢？

“晚上回来不要迷路。”她说。

“她说这句话是什么意思？”威尔斯问自己，“算了，人一年四季不可能天天高兴。”

威尔斯倚坐窗前，眺望车外，心里还想着科拉那奇怪的举动：“是不是我说的什

么话惹她生气了?不可能,因为如果她不喜欢我说的话,会给我指出来的。不咎既往,一切会好起来的……"

一到办公室,威尔斯就埋头工作,把科拉忘得一干二净,当他下班路过前一天去过的商店时,蓦地,想起那个水果盘,它肯定能让她忘掉心中的烦闷。他非常爱她,不想让这个世界上的任何事情伤害她的心。就他来说,使妻子高兴是他的首要责任。

这车为什么开得这么慢?威尔斯抱怨起来。他小心翼翼地打开裹着水果盘的纸包,放在膝盖上独自欣赏起来。他好像看见妻子双手捧着水果盘,像小孩似的,高兴地跳了起来。一位年轻的妇女羡慕地对水果盘看了一眼,然后看了看威尔斯,最后又以责备的目光看着自己的丈夫。威尔斯心想:对呵,让你丈夫也给你买个吧!

下车后,威尔斯兴奋地向家里奔去。当科拉打开门,接过纸包,高兴得几乎晕过去。他看她身着盛装,有点异常,良久,才懵懂地说:"你真漂亮!"科拉激动得说不出话来,好半天,才喃喃地说:"我还以为你忘了。"

"忘了?"

"看来,你比我记得更清楚,你真沉着,早上走时对今天的日子不露声色,我不由地伤心起来。现在,我才明白你故意这样,真会捉弄人。"趁着她打开纸包这个间隙,威尔斯用手捶着头想,今天究竟是什么日子?

"噢,真好看,这是我见过的最漂亮的水果盘,哪位妻子在结婚周年能收到比这更好的礼物?"她欣喜若狂地吻着他。

他心有余悸地接受着她的亲吻,不免恨起自己:"今天是我们结婚五周年,我怎么这么大意?"

摔跤的故事

这是发生在英国一个普通家庭里父亲和儿子的故事。儿子叫约翰，在他 3 岁的时候，有一天和姐姐在客厅里捉迷藏。他们玩得正高兴时，父亲抱住小约翰，把他放在沙发椅上面，还在下面伸出双手做出接他的姿势，叫他往下跳。小约翰为父亲能参加他们的游戏而高兴。他兴奋地望着父亲笑，并迅速地毫不犹豫地往下跳，在跳下来即将抓住父亲的瞬间，父亲缩回了双手，约翰摔在了地板上，号啕大哭，他向坐在沙发上的妈妈叫唤。可是，他妈妈却若无其事地坐着，并不去扶他，只是微笑着说："呵，好坏的爸爸!"父亲站在一边，以嘲弄的眼光望着可怜的上当受骗的小约翰。

这便是他们教子的方法之一，此举似乎有些离谱，可在英国人看来，这是很正常的教育方法。

女儿的生日

雷蒙总是忙,抽不出时间陪陪家人。女儿洁尔迎来了她7岁的生日。她好几个星期前就念叨着她的首次“成长派对”了。雷蒙的妻子塔米告诉他,这个派对他必须参加。但那天他在旧金山有一单不能错过的生意。他查到,会面之后有班飞机能够在女儿生日派对前及时赶回西雅图,就订了票。

到了那天,会面顺利地结束了。即将做成一笔大生意,他兴奋不已。他赶到机场,飞机晚点了,而他必须赶回家。他试着订另一班飞机,但是没有了,他赶不回去了。他坐在候机室,用手机拨通了办公室电话,对他的搭档弗兰克说:“会面很成功,但是我被困在飞机场,错过了洁尔的生日。”一阵失落的感觉袭击了他,他非常难过。

他回到家时,餐桌上的一束气球向他摇摆,他不胜悲哀。气球上贴着一张卡片,上面写着:“对不起,我迟到了——爱你的爸爸。”他想,这肯定是弗兰克的主意。这时妻子塔米从后院走进来,疲惫却面带微笑的洁尔跟在后面,尖叫道:“爸爸!”

“生日快乐!”他说着走到女儿面前,给了她一个热烈的拥抱和一个吻。他不好意思地对妻子说:“至少这些气球没有迟到。”

妻子说:“雷蒙,你知道,这张生日卡片很有趣——真的,一点也不像你的作风。”

“嗯,实际上……不是我送来的。肯定是弗兰克的主意,他知道我会迟到的。”

他害怕这时他的妻子会开始骂他,但没有,只见她握着卡片,说:“雷蒙,你不明白这意味着什么吗?”

他看着卡片上的笔迹——这些话是送给妻子、女儿这样的亲人的,却是由一个根本不认识她们的人写下的……他感到很惭愧。

一天早晨,他把公司的每个人都叫到了会议室。他宣布:“从今天开始,公司将

有一些改变。新的工作时间将从星期一到星期四，每天早晨9点到下午5点——最迟到6点。休息日时我不接任何有关工作的电话。过去我花了太多的时间守着你们工作；现在，我要让你们独立做自己的工作。”他看得出来，大家费了很大的劲，才忍住要欢呼的冲动。他想他的妻子和女儿也会高兴和欢呼起来。

奥运冠军的成长

阿兰·米穆是一位历经辛酸从社会最底层拼搏出来的法国当代著名长跑运动员、法国一万米长跑纪录创造者、第十四届伦敦奥运会一万米赛亚军、第十五届赫尔辛基奥运会五千米亚军、第十六届墨尔本奥运会马拉松赛冠军,后来在法国国家体育学院执教。

米穆出生在一个相当寒酸的家庭。从孩提时代起,他就非常喜欢运动。可是,家里很穷,他甚至连饭都吃不饱。这对任何一个喜欢运动的人来讲都是颇为难堪的。例如,踢足球,米穆就是光着脚踢的。他没有鞋子,他母亲好不容易替他买了双草底帆布鞋,为的是让他去学校念书穿的。如果米穆的父亲看见他穿着这双鞋子踢足球,就会狠狠地揍他一顿,因为父亲不想让他把鞋子穿破。

11 岁半时,米穆已经有了小学毕业文凭,而且评语很好。他母亲对他说:“你终于有文凭了,这太好了!”可怜的妈妈去为他申请助学金。但是,遭到了拒绝!这是多么不公正啊!他们不给米穆助学金,却把助学金给了比他富有得多的殖民者的孩子们。鉴于这种不公道,米穆心里想:“我是不属于这个国家的,我要走。”可去哪里呢?米穆知道,自己的祖国就是法国。他热爱法国,他想了解它。但怎么去了解呢?因为他太穷了。

没有钱念书,于是米穆就当了咖啡馆里跑堂的了。他每天要一直工作到深夜,但还是坚持锻炼长跑。为了能进行锻炼,每天早上五点钟就得起来,累得他脚跟都发炎脓肿了。总之,为了有碗饭吃,米穆是没有多少功夫去训练的。但是,他还是咬紧牙关报名参加了法国田径冠军赛。米穆仅仅进行了一个半月的训练。他先是参加了一万米冠军赛,可是只得了第三名。第二天,他决定再参加五千米比赛。幸运的是,他得了第二名。就这样,米穆被选中并被带进了伦敦奥林匹克运动会。

对米穆来说,这简直是不可思议的事情!他在当时甚至还不知道什么是奥林匹

克运动会，也从来想象不到奥运会是如此宏伟壮观。全世界好像都凝缩在那里了。不过，在这个时刻，最重要的是，他知道自己是代表法国。他为此感到高兴。

但是，有些事情让米穆感到不快。那就是，他并没有被人认为是一名法国选手，没有一个人看得起他。比赛前几小时，米穆想请人替自己按摩一下。于是他便很不好意思地去敲了敲法国队按摩医生的房门。

得到允许以后，他就进去了，按摩医生转身对他说："有什么事吗，我的小伙计？"

米穆说："先生，我要跑一万米，您是否可以助我一臂之力？"

医生一边继续为一个躺在床上的运动员按摩，一边对他说："请原谅，我的小伙计，我是派来为冠军们服务的。"

米穆知道，医生拒绝替自己按摩。无非就是因为自己不过是咖啡馆里一名小跑堂罢了。

那天下午，米穆参加了对他来讲具有历史意义的一万米决赛。他当时仅仅希望能取得一个好名次，因为伦敦那天的天气异常干热，很像暴风雨的前夕。比赛开始了。米穆并不模仿任何人。同伴们一个接一个地落在他的后面，他成了第四名，随后是第三名。很快，他发现，只有捷克著名的长跑运动员扎托倍克一个人跑在他前面，进行冲刺，米穆终于得了第二名。

米穆就是这样为法国和为自己争夺到了第一枚世界银牌的。然而最使米穆感到难受的，还是当时法国的体育报刊和新闻记者。他们在第二天早上便在边打听边嚷嚷："那个跑了第二名的家伙是谁呀？啊，准是一个北非人。天气热，他就是因为天热而得到第二名的！"瞧瞧，多令人心酸！

让米穆感到欣慰的是，在伦敦奥运会四年以后，他又被选中代表法国去赫尔辛基参加第十五届奥运会了。在那里，他打破了一万米法国纪录，并在被称之为"本世纪五千米决赛"的比赛中，再一次为法国赢得了一枚银牌。

随后，在墨尔本奥运会上，米穆参加了马拉松比赛，终于成了奥运会冠军！

他不用再去咖啡馆当跑堂了。可是，米穆却说："我喜欢咖啡，喜欢那种香醇，也喜欢那种苦涩……"

上帝只给他一只老鼠

这是一位孤独的年轻画家,除了理想,他一无所有。

为了理想,他毅然出门远行,来到堪萨斯城谋生。起初他到一家报社应聘,想替他们工作。编辑部有一个较好的艺术氛围,这也正是他所需要的。但主编阅读了他的作品后大摇其头,认为作品缺乏新意不予录用。这使他感到万分失望和颓丧。和所有出门打天下的年轻人一样,他初尝了失败的滋味。

后来,他终于找到了一份工作,替教堂作画。可是报酬极低,他无力租用画室,只好借用一家废弃的车库作为临时的办公室。他每天就在这充满汽油味的车库里辛勤地工作到深夜。没有比现在更艰苦的了,他想。

尤其烦人的是,每次熄灯睡觉时,就能听到老鼠吱吱的叫声和在地板上的跳跃声。为了明天有充足的精力去工作,他忍耐了。也许是太累了,他一沾着地板就能呼呼大睡。就这样一只老鼠和一名贫困的画家和平共处,倒也使这个荒弃的车库充满生机。

有一天,当疲倦的画家抬起头,他看见昏黄的灯光下一对亮晶晶的小眼睛。是一只小老鼠。如果是在几年前,他会设计出种种计谋去捕杀这只老鼠,但是现在他不,一只死老鼠难道比活老鼠更有趣吗?磨难已经使他具备大艺术家所具有的悲天悯人的情怀。他微笑着注视这只可爱的小精灵,可是它却像影子一样溜了。窗外风声呼啸,他倾听着天籁的声响,感到自己并不孤单,好歹有一只老鼠与他为邻,它还会来的,像羞怯的小姑娘。

那只小老鼠果然一次次出现,不只是在夜里。他从来没有伤害过它,甚至连吓唬都没有。它在地板上做着多种运动,表演精彩的杂技。而他作为唯一的观众,则奖它一点点面包屑。渐渐地,他们互相信任,彼此间建立了友谊。老鼠先是离他较远,见他没有伤害它的意思,便一点点靠近。最后,老鼠竟敢大胆地爬上他工作的画板,

并在上面有节奏地跳跃。而他呢，决不会去赶走它，而是默默地享受与它亲近的情意。

信赖，往往创造出美好的境界。

不久，年轻的画家离开堪萨斯城，被介绍到好莱坞去制作一部以动物为主的卡通片。这是他好不容易得到的一次机会，他似乎看到理想的大门开了一道缝。但不幸得很，他再次失败了，不但因此穷得毫无分文，并且再度失业。

多少个不眠之夜他在黑暗里苦苦思索，他怀疑自己的天赋，怀疑自己真的一文不值，他在思索着自己的出路。终于在某天夜里，就在他潦倒不堪的当儿，他突然想起了堪萨斯城车库里那只爬到他画板上跳跃的老鼠，灵感就在那个暗夜里闪了一道耀眼的光芒。他迅速爬起来，拉亮灯，支起画架，立刻画出了一只老鼠的轮廓。

有史以来，最伟大的运动卡通形象——米老鼠就这样平凡地诞生了。灵感只青睐那些思考的头脑。

这位年轻的画家就是后来的美国最负盛名的人物之一——才华横溢的华德·狄斯耐，名噪全球。

堪萨斯那间充满汽油味的车库，华德·狄斯耐先生后来说，至少要值 100 万美金。其实那里没有什么，只有一只老鼠，那是上帝给他的，上帝给谁都不会太多。

黄鼠狼与铁匠

森林中有一只黄鼠狼，争强好胜，倔强固执又野蛮残酷。有一天，黄鼠狼发现了一只老鼠正溜向洞中，就拼命追赶，老鼠一见黄鼠狼追来了，吓得赶紧就跑，跑着跑着，老鼠看见路边一块大石头下边有一条小缝，就马上钻了进去。黄鼠狼眼看就要追上这只老鼠了，于是不顾一切，一口咬了下去，但老鼠刚好钻进了地缝，黄鼠狼这一口咬在了石头上，只听"嘣"的一声，黄鼠狼的牙齿被硌掉了，痛得蹦了起来。

黄鼠狼气急败坏，发誓一定要抓住这只老鼠，于是，黄鼠狼就隐藏在附近。一直等到天黑，老鼠哆哆嗦嗦地从地缝中爬出来，紧张地环顾四周，没有发现什么危险，才向自己家中跑去，黄鼠狼蹑手蹑脚地跟在后面，寻找到机会，猛一扑，一下子就把老鼠按在自己的爪子下面。

黄鼠狼抓到了老鼠，心中好不高兴，它想："我要一点一点地把你吃掉，让你慢慢地死掉，以报我牙齿被硌掉之仇。"可是，黄鼠狼的牙齿没有了，怎么才能吃下这只老鼠呢?当黄鼠狼意识到这点时，自己感到很为难，但是想到这只老鼠给自己造成的巨大损失，黄鼠狼就说："别看我没有了牙，我就是用舌头舔也要把你舔死。"

于是，黄鼠狼就用舌头一点一点地舔，先舔掉了老鼠的毛，露出了红色的皮，接着又舔掉了它的皮，露出了白色的骨头，直到把这只老鼠舔得一点不剩。

森林里的动物们听说了这件事，都被黄鼠狼的狠毒所吓倒。自此之后，谁都对它敬而远之，见到它就好话连篇。黄鼠狼的心里就别提有多得意了，它说："别看我没有牙，但是我的舌头好使，谁要是敢和我作对，我就舔死它。"

有一天，黄鼠狼对自己仅仅在森林里有点地位感到不太满足，就大摇大摆地向山下的村庄走去。刚来到一个小村庄的村口，只见有一个铁匠铺正袅袅地冒着烟。黄鼠狼径直走进铁匠铺，看见有一位铁匠正在打铁，根本没有在意这只黄鼠狼。黄鼠狼很生气地说："喂，那位铁匠，见了我怎么也不打招呼，太不像话了，你应该知道

我的本事了吧!”

那铁匠奇怪地回头看了一眼黄鼠狼，说:“你这只黄鼠狼有什么资格让我跟你打招呼,该干什么干什么去,不要影响我工作,哈哈,你还没有门牙呀!”

黄鼠狼异常气愤,说:“我是森林之王,别看我没牙,我舌头的舔功可是天下第一,你要是对我无礼,我就舔死你。”

铁匠感到很好笑,就指着墙角说:“我那里有一把新打的锉刀,你要是能把它舔掉,我就尊你为王。”

黄鼠狼说:“一把小锉刀有什么了不起,看我把它舔掉。”说着就走过去舔起了锉刀,舔了几下,就把舌头舔破了,流了好多血。黄鼠狼反而高兴起来,以为舔下了铁,就接着使劲舔了起来,结果最后把舌头舔掉了。

驴子和狗

一位农夫养了一头驴子和一条狗。驴子每天日出而作、日落而息,工作非常卖力而且辛苦;而那条狗整天吃饭、睡觉,无所事事,唯一的工作好像就是当主人回家时,摇头摆尾的跟前跟后,反而得到主人的喜爱。想到这些,驴子不禁自怨自艾起来。

伤心的驴子满腹委屈,不得已向狗请教取悦主人的办法。狗虽然骄傲却也不吝赐教,他指导驴说:“这很简单啊,你只要学我在白天时好好养精蓄力,待主人回家休息后,谄媚一点,投怀送抱,主人就会对你另眼相看了!”

驴子恍然大悟,对狗的赐教感激涕零,决定言听计从。翌日白天,驴子便呼呼大睡,好不容易等到月落西山,主人从外面归来,驴子终于鼓起勇气学狗一般朝向主人胸怀扑了过去……

主人见状,大吃一惊,心里紧张地想:“这头懒驴,今天八成是疯了,白天不干活也就罢了,竟敢趁着天黑袭击我!”于是取出猎枪瞄准驴子,毫不犹豫地扣下了扳机。可怜的傻驴就这么被一枪毙命,呜呼哀哉。

猎狗与兔子的奔跑

一条猎狗将兔子赶出了窝,一直追赶他,追了很久仍没有捉到。

牧羊看到此种情景,讥笑猎狗说:“你们两个之间小的反而跑得快得多。”

猎狗回答说:“你不知道我们两个的跑是完全不同的! 我仅仅为了一顿饭而跑,他却是为了性命而跑呀!”

天使借宿

两个旅行中的天使到一个富有的家庭借宿。这家人对他们并不友好,并且拒绝让他们在舒适的客人卧室过夜,而是在冰冷的地下室给他们找了一个角落。当他们铺床时,较老的天使发现墙上有一个洞,就顺手把它修补好了。年轻的天使问为什么,老天使答到:“有些事并不像它看上去那样。”

第二晚,两人又到了一个非常贫穷的农家借宿。主人夫妇俩对他们非常热情,把仅有的一点点食物拿出来款待客人,然后又让出自己的床铺给两个天使。第二天一早,两个天使发现农夫和他的妻子在哭泣——他们唯一的生活来源,一头奶牛死了。年轻的天使非常愤怒,他质问老天使为什么会这样,第一个家庭什么都有,老天使还帮助他们修补墙洞,第二个家庭尽管如此贫穷还是热情款待客人,而老天使却没有阻止奶牛的死亡。

“有些事并不像它看上去那样。”老天使答道,“当我们在地下室过夜时,我从墙洞看到墙里面堆满了金块。因为主人被贪欲所迷惑,不愿意分享他的财富,所以我把墙洞填上了。

“昨天晚上,死亡之神来召唤农夫的妻子,我让奶牛代替了她。所以有些事并不像它看上去那样。”

做一天和尚撞一天钟

有一个小和尚担任撞钟一职，半年下来，觉得无聊之极，“做一天和尚撞一天钟”而已。有一天，主持宣布调他到后院劈柴挑水，原因是他不能胜任撞钟一职。小和尚很不服气地问：“我撞的钟难道不准时、不响亮?”老主持耐心地告诉他：“你撞的钟虽然很准时、也很响亮，但钟声空泛、疲软，没有感召力。钟声是要唤醒沉迷的众生，因此，撞出的钟声不仅要洪亮，而且要圆润、浑厚、深沉、悠远。”

学习的奥秘

有一只燕子，她总是把窝搭在房顶下面。一只小麻雀是她的邻居，窝就在屋檐下面。可是，这哪是搭窝的地方啊!不过是排水管和房檐之间的一个小小的空隙罢了，小麻雀只不过在里边添了几只鸡毛，就每晚睡在那里。

燕子每年都孵育小燕子，教他们飞行，唱歌。一家人快乐无比，很让人羡慕。麻雀却不一样，她每年也生不少蛋，可是一次都没有把小鸟孵育长大。不是淘气的孩子们掏走了她窝里的蛋，就是小鸟被猫吃掉了。

“你真幸福!”麻雀说，“你每年都能孵出小燕子，而我的孩子却总是保不住!”

“都怪你自己不好，”燕子说，“要是你的窝也有我这样的结实，小孩和猫就没有办法了。”

“那就请你教我搭窝吧!”麻雀说，“你一定知道什么秘密，或者有什么诀窍呢!”

“搭窝要动动脑筋才行，”燕子说，“不过，其实也没有什么诀窍。来吧，让我们一起，我一定教会你。”

燕子和麻雀一起飞到了一个湖边。

“喂，我的朋友，你用嘴巴衔一点泥，就学我的样子。”燕子边说边努力衔了一大块泥。

“唧唧唧!”麻雀回答说，“依我看，不就是弄点泥巴嘛，什么诀窍也没有!”

燕子没有说什么，她衔着一块泥飞回家，把它糊到墙上。“你也这样做吧!”她又劝麻雀。

“我看见了，看见了!”麻雀很不耐烦地说，“这是再简单也没有了。我还以为你做的那个窝有什么秘密或诀窍呢。这样糊泥谁不会呀?不!这样的小事我不干!衔泥巴又脏又累。”

燕子一次又一次地飞到湖边，每次都衔回一块泥。泥衔够了以后，她又去衔稻

草。材料备齐了,她就开始筑窝了。她一层泥,一层草,又一层泥,又一层草……把窝搭得严严实实。

“窝只有这样搭才行。”她教麻雀说,“先糊上一层泥,再加上一层草,再糊上一层泥,再糊上一层草……这样,一个结结实实、舒舒服服的窝就搭好了。”

“我知道,我知道!这一点高明之处也没有!”麻雀以轻蔑的口吻唧唧喳喳地说。

燕子回答说:“你知道是知道,可是光知道还搭不成窝,需要付出劳动才行。你如果不像我那样勤奋地劳动,你的小麻雀永远也不会长大成人!”

维持原貌

有一个皇帝想整修京城里的一座寺庙，派人去找技艺高超的设计师，希望能够将寺庙整修得美丽而庄严。

后来有两组人员被找来了，其中一组是京城里很有名的工匠，另外一组是几个和尚。由于皇帝没有办法判断到底哪一组人员的手艺比较好，于是他决定给他们一个机会做出比较。皇帝要求这两组人员各自去整修一个小寺庙，而这两座寺庙互相面对面，三天之后，皇帝要来观看效果。

工匠组向皇帝要了100多种颜色的颜料，又要了很多的工具。而让皇帝很奇怪的是，和尚们居然只要了一些抹布与水桶等简单的清洗用具。

三天之后，皇帝来了。他首先看到的是工匠们所装饰的寺庙。他们用了非常多的颜料，以非常精巧的手艺把寺庙装饰得五颜六色。皇帝很满意地点点头，接着回过头看和尚负责整修的寺庙，他看了一眼就愣住了：寺庙中非常干净，里面所有的物品都显出了它们原来的颜色，而它们光泽的表面就像镜子一般，无瑕地反射出外界的颜色，那天边多变的云彩，随风摇曳的树影，甚至对面五颜六色的寺庙，都变成了这个寺庙美丽色彩的一部分，而这座寺庙只是宁静地接受这一切。皇帝被这庄严的寺庙深深地感动了，当然我们也知道最后的胜负了。

天价广告牌

这是一家规模很小的食品公司，生产一种辣酱，注册资金只有几十万元。但老总很有信心，在单位的文化墙上写着“要做这座城市第一品牌”的壮语。

辣酱上市之前，老总寻思着给辣酱做宣传。他本想在这个城市的某一个地方做一个超大的、显眼的广告牌，宣传他的产品，让所有的从这走过的人一下子就能注意到它，并从此认识他们的辣酱。

但是当他和广告公司接触之后，才发现市中心广告位的价格远远地超出了他的想象。他小小的企业承担不起这天价的广告费。

可是他并没有失望，而是不停地寻找，试图能发掘出既便宜又很显眼的广告位置。

经过反复的寻找，他终于看好了一个城门的路口的广告牌。那里是一个十字路口。车辆川流不息，但路人走得很快，眼睛只顾盯着红绿灯和疾驰的车，在这里做广告牌很难保证有多好的效果。打探了一下价格，一年只要几万元，他很满意，于是就租了下来。

对于老总这个想法，员工们纷纷提出疑问，但老总却笑而不答，仿佛一切很有把握。旧的广告牌很快就被摘了下来，员工们以为第二天就能看到他们的辣酱广告牌了。然而，第二天，员工们看到的广告牌根本不是他们的辣酱广告牌，只见上面写着：好位置，当然只等贵客。此广告牌招租八十八万元／年!!!

天哪，这样的价格该是这座城市最贵的广告牌位了吧!天价的广告牌让从这里路过的人都不自觉地停住脚步看上一眼，人们互相传说，渐渐地，很多人都知道这个十字路口上有个贵得离谱的广告牌位，甚至引起了当地媒体的极大关注……

一个月后，“爽口”牌辣酱广告写到上面了，辣酱的市场被迅速打开了。因为那“八十八万元／年”的广告牌价位早已家喻户晓。“爽口”牌辣酱成了这座城市的知

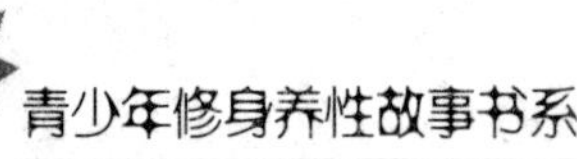

名品牌。

老总把单位文化墙上原先的口号擦掉了,换成了“要做中国辣酱的第一品牌”的口号。一位员工问他:“我们还不是这个城市的第一品牌,为什么要换成做中国的第一品牌呢?”

老总意味深长地说:“价值只有在流通中才能得以体现，但价值的标尺却永远在别人的手中。别人永远不会赋予你理想的价值，但你必须自己主动去做一块招牌,适当地放大自己的价值!”

任何事物的价值都不是一成不变的。广告固然可以放大一些价值,提高产品知名度,但是收效甚微,文中的老总,运用智慧先放大广告,再放大品牌,这充分说明在智者眼中,一加一永远大于二。

最优秀和最聪明的

在 1960 年，美国某大学的罗森塔尔博士在加州一所学校做过一个著名的实验。新学年开始时，罗森塔尔博士让校长把三位教师叫进办公室，对他们说："根据你们过去的教学表现，你们是本校最优秀的老师，因此，我们特意挑选了一百名全校最聪明的学生组成三个班，让你们教。这些学生的智商比其他学生都高，希望你们能让他们取得更好的成绩。"

三位老师都高兴地表示一定尽力。校长又叮嘱他们："对待这些孩子，要像平时一样，不要让孩子家长知道他们是被特意挑选出来的。"老师都答应了。

一年之后，这三个班的学生成绩果然排在整个学区的前列。这时，校长告诉了老师们真相，这些学生并不是特意选出的最优秀的学生，只不过是随机抽调的最普通的学生。老师们没想到会是这样，都认为自己的教学水平确实高。这时校长又告诉他们另一个真相，那就是他们也不是特意挑选出的全校最优秀的教师，也不过是随机抽调的普通老师罢了。

这个结果正是罗森塔尔博士所料到的。这三位老师都认为自己是最优秀的，并且学生又都是高智商的，因此对工作充满了信心，工作自然非常卖力，结果当然是好的。这说明在做任何事以前，如果能够充分肯定自我，就等于已经成功了一半。当你面对挑战时，你不妨告诉自己，你就是最优秀和最聪明的，那么结果肯定是另一种模样。

自我暗示的力量是巨大的。面对困难，不妨告诉自己，我一定可以，那么困难在你面前便会缩小。相反，困难便会在无形中放大。如果你相信自己可以做到，那么朝着目标努力去奋斗吧！

心灵的漏洞

许多年前，有个求道的年轻人，为了获悉人生的道理，不辞辛劳，长年累月跋山涉水到各地探访有道之士，寻求答案。

可时间一天天过去了，也求教了很多人，但他觉得自己一点儿收获都没有。这令他很失望，左思右想，也琢磨不出到底是什么原因。

后来，他听一位私塾先生说，在距他的家乡不远的南山里，有位得道的高僧，能解答关于人生的各种疑难问题。于是，他连夜启程，沿途寻访这位高僧的住处。

一日，他来到南山脚下，见一樵夫担了一担柴从山上下来，便上前询问："樵夫兄，你可知道这南山上有位得道的高僧居住何处?长得何等相貌?"

樵夫略微沉思片刻道："山上确有位得道的高僧，但不知道到底住在何处。因为他常常四处游历，随缘度化世人。至于他的相貌，有人说他佛光普照，面貌清奇；也有人说他蓬头垢面，不修边幅。没有人能说得清楚。"

谢过了樵夫，年轻人抱定了决心，不顾一切地向深山前进。后来，又遇见了农夫、猎户、牧童、采药人等，就是一直没有找到他心目中的那位可以指点人生迷津的高僧。

他在绝望之下，回头下山。在路上遇见一位拿着破碗的乞丐向他讨水喝。年轻人便从身上取下水袋，倒了一些水在碗里。还未等乞丐去喝，水就流光了。无奈，年轻人又倒了些水在碗里，并催促乞丐赶紧喝。可碗刚端到乞丐的嘴边，水又流光了。

"你拿个破碗怎能盛水?怎能用它来解渴?"年轻人不耐烦地说。

"可怜的人，你到处请教人生的道理，表面上很谦虚，但你内心中先判断别人的话是否合你的心意。你不能接纳不合你心意的说法，这些成见在你的心中造成了很大的漏洞，使你永远无法得到答案。"

年轻人一听恍然大悟，连忙作揖道："大师是否就是我要寻找的高僧?"连问数

声无人应答，抬头再寻那乞丐，已无踪影。

心灵有漏洞吗？当然了，成见就是心灵的漏洞，嫉妒也是，猜疑、懦弱、浮躁、仇恨等都是心灵的漏洞，只不过每个人的心灵漏洞不同罢了。若是这些漏洞都集于一身，恐怕这个人就无可救药了。

心灵有漏洞并不可怕，可怕的是明知有而不去弥补。那样只会越漏越大，终将贻害人生。而有了漏洞肯于去弥补才显得可贵。天有漏洞都可以弥补，人心又有什么不能弥补的？

弥补心灵需要有良好的心态、求索的心智。多思索而少冲动，多镇定而少浮躁，多宽容而少嫉妒，多仁爱而少仇恨……如此，人生才会变得更加美丽。

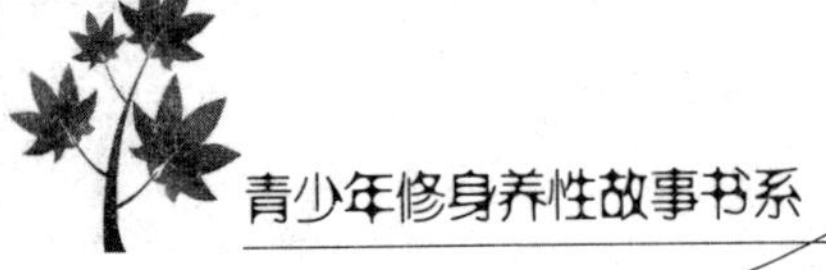

人生的圆圈

大约十年前，我在一家电话推销公司接受业务培训。

主管为了激励我们，有一次在培训课上用图诠释了一个人生寓意。

他首先在黑板上画了一幅图：在一个圆圈中间站着一个人。接着，他在圆圈的里面加上了一座房子、一辆汽车、一些朋友。

然后，他问大家："谁能告诉我，这图意味着什么？"一阵沉默后，一位学员回答："世界？"主管说："基本正确。这是你的舒服区。这个圆圈里面的东西对你至关重要，你的住房、你的家庭、你的朋友，还有你的工作。在这个圆圈里头，人们会觉得自在、安全，远离危险或争端。"

"现在，谁能告诉我，当你跨出这个圈子后，会发生什么？"教室里顿时鸦雀无声，还是那位积极的学员打破沉默："会害怕。"另一位认为："会出错。"接着又是一阵沉默。这时主管微笑着说："当你犯错误了，其结果是什么呢？"最初回答问题的那个学员大声答道："我会从中学到东西。"

"正是，你会从错误中学到东西。"主管于是转向黑板，画了一个箭头，把圆圈当中的人指向圈外。他继续说道："当你离开舒服区以后，你就把自己抛到了一个你感到不自在的世界里。结果是，你学到你以前不知道的东西，你增加了自己的见识，所以你进步了。"他再次转向黑板，在原来那个圈子之外画了个更大的圆，包括了更多的朋友、一座更大的房子等等。

"如果你老是在自己的舒服区里头打转，你就永远无法扩大你的视野，永远无法学到新的东西。只有当你跨出舒服区以后，你才能使自己人生的圆圈变大，你才能挑战自己的心灵，使之变得更加坚强，最终把自己塑造成一个更优秀的人。"

不一样的豆芽菜

有个年轻人，进入大学后由于学校和专业都不理想，他索性不再努力，经常逃课、喝酒、泡网吧，任由自己一天天地消沉下去。

偶尔去上课，也是无精打采，心不在焉。教授见状，提醒他："年轻人，要打起精神哟!"

"要精神有何用，将来还不是一样就业难，难就业!"年轻人脱口而出。

教授眉头紧蹙，沉思片刻，说："下课后，你且随我来。"

那天下课后，他惴惴不安地跟着教授过大街穿小巷，来到一个熙熙攘攘的菜市场。他满脸疑惑地看着教授。教授不理会他，一直往里走，终于在一家卖豆芽菜的摊位前停下，示意他仔细观看这家豆芽菜的品质。

他有些不解，不知教授葫芦里卖的什么药。但他还是仔细地看了，发现这家的豆芽菜又细又长，还带根须，摊前顾客寥寥。接着教授把他带到另一家卖豆芽菜的摊位前，又示意他看豆芽菜的品质。相较之下，他发现这家的豆芽菜短壮鲜嫩，且无根须，购买者众多。

教授问他："何故会有如此差异?"

"无外乎设备、生产工艺高人一筹而已。"他不屑一顾地答道。

教授摇摇头，又带他去参观了这两家生产豆芽菜的作坊。他惊奇地发现，这两家的生产设备、选料、营养配方竟然一模一样。

为何他们生产出的豆芽菜会有天壤之别呢?他百思不得其解。

教授呵呵地笑了，说："难道你没有注意到第二家在豆芽菜生长器上另外压了一块石头吗?"

凤凰之所以永生，是因为它经历过涅■的痛苦；梅花之所以芬芳，是因为它挨过了风雪的摧残。压力既来自外界，也来自我们的内心。它既能让一个人垮掉，也能让一个人强大。

分工

一位年轻的炮兵军官上任后，到下属部队视察操练情况，发现有几个部队操练时有一个共同的情况：在操练中，总有一个士兵自始至终站在大炮的炮筒下，纹丝不动。经过询问，得到的答案是：操练条例就是这样规定的。原来，条例因循的是用马拉大炮时代的规则，当时站在炮筒下士兵的任务是拉住马的缰绳，防止大炮发射后因后坐力产生的距离偏差，减少再次瞄准的时间。现在大炮不再需要这一角色了，但条例没用及时调整，出现了不拉马的士兵。这位军官的发现使他受到了国防部的表彰。

这回运气好，没有风

那是在克尼斯纳，一个林工正解释如何伐树。他指出：要是你不知道那棵树砍了会落在哪里，就不要去砍它。“树总是朝支撑少的那一方落下，所以你如果想使树朝哪个方向落下，只要削减那一方的支撑便成了。”他说。

我半信半疑，稍有差错，我们就可能一边损失一幢昂贵的小屋，另一边损坏一幢砖砌车库。

我满心焦急，在两幢建筑物中间的地上划一条线。那时还没有链锯，伐树主要是靠腕劲和技巧。老林工朝双手啐口水，挥起斧头，向那棵巨松砍去，树身底处粗一米多。他的年纪看来已六十开外，但臂力十足。

约半小时后，那棵树果然不偏不倚地倒在线上，树梢离开房子很远。我恭贺他砍伐成一堆整齐的圆木，又把树枝劈成柴薪。我告诉他，我绝不会忘记他的砍树心得。

他举起斧头扛在肩上，正要转身离去，却突然说：“我们运气好，没有风。永远要提防风。”

老林工的言外之意，我在数年后接到关于一个心脏移植病人的验尸报告时才忽然明白。那次手术想象不到地顺利，病人的复原情况也极好。然而，忽然间一切都不对了，病人死掉了。验尸报告指出病人腿部有一处微伤，伤口感染了肺，导致整个肺丧失机能。

那老林工的脸蓦地在我脑海里浮现。他的声音也响起来：“永远要提防风。”简单的事情，基本的真理，需要智慧才能了解。那个病人的死，惨痛地提醒我们“为山九仞，功亏一篑”这个道理。纵使那个伤口对健康的人是无关痛痒，但已夺去了那个病人的命。

免费而珍贵的礼物

多克是一个信差，他始终坚信自己的使命就是向人们传递快乐，因此，他的口袋里总是装着许多小纸条，上面写着一些鼓励性的话。他将信件和电报送到人们手中的同时，也留给他们一张小纸条，告诉他们“今天是美好的一天”，“要笑口常开”，“别再烦恼”。

第二次世界大战期间，多克因为年龄太大而没有入伍，但他自告奋勇到野战医院做了一名志愿者，协助医院救死扶伤。

有一天，他突发奇想，在医院的墙上写了一句话：“没有人会死在这里。”他的行为引起了大家的注意，医院的人说他疯了，也有人认为这句话无伤大雅，不必擦掉。

那句话一直没有人去管，就一直留在了那面墙上。后来，不但伤员，就连医生、护士包括院长，都渐渐地记住了这句话。

伤病员们为了不让这句话落空而坚强地活着，医生和护士为了这句话，尽力地给予病人最精心的医治和护理。这个医院变成了一家坚强的医院，每个人的脸上都有一种盼望和坚毅的表情。

美国总统和亿万富翁

托马斯·杰斐逊是美国第三任总统，在他给孙子的忠告里，他提到了以下10点生活的原则：

1. 今天能做的事情绝对不要推到明天。

2. 自己能做的事情绝对不要麻烦别人。

3. 决不要花还没有到手的钱。

4. 决不要贪图便宜购买你不需要的东西。

5. 绝对不要骄傲，那比饥饿和寒冷更有害。

6. 不要贪食，吃得过少不会使人懊悔。

7. 不要做勉强的事情，只有心甘情愿才能把事情做好。

8. 对于不可能发生的事情不要庸人自扰。

9. 凡事要讲究方式方法。

10. 当你气恼时，先数到10再说话，如果还气恼，那就数到100。

约翰·丹佛是美国硅谷著名的股票经纪人，也是跻身美国10亿身价俱乐部的成员，在对记者的一次答辩中，我们看到他对以上几个问题的回答，非常有趣的是它们之间鲜明的对比。我们从中可以看出一个政治家和一个商人的截然不同之处。

1. 今天能做的事情如果放到明天去做，你就会发现很有趣的结果。尤其是买卖股票的时候。

2. 别人能做的事情，我绝对不自己动手去做。因为我相信，只有别人做不了的事情才值得我去做。

3. 如果可以花别人的钱来为自己赚钱，我就绝对不从自己的口袋里掏一个子儿。

4. 我经常在商品打折的时候去买很多东西，哪怕那些东西现在用不着，可是总有用得着的时候，这是一个预测功能。就像我只在股票低迷的时候买进，需要的是同样的预测功能。

5. 很多人认为我是一个狂妄自大的人，这有什么不对吗?我的父母我的朋友们在为我骄傲，我想不出我有什么理由不为自己骄傲，我做得很好，我成功了。

6. 我从来不认为节食这么无聊的话题有什么值得讨论的。哪怕是为了让我们的营养学家们高兴，我也要做出喜欢美食的样子，事实上，我的确喜欢美妙的食物，我相信大多数人有跟我一样的喜好。

7. 我常常不得不做我不喜欢的事情。我想在这个世界上，我们都没有办法完全按照自己的意愿做事。正像我的理想是成为一个音乐家，最后却成为一个股票经纪人。

8. 我常常预测灾难的发生，哪怕那个灾难的可能性在别人看来几乎为零。正是我的这种动物的本能使我的公司在美国的历次金融危机中逃生。

9. 我认为只要目的确定，我就不惜一切代价去实现它。至于手段，在这个时代，人们只重视结果，有谁去在乎手段呢?

10. 我从不隐瞒我的个人爱好，以及我对一个人的看法，尤其是当我气恼的时候，我一定要用大声吼叫的方式发泄出来。

上帝没有轻看卑微

一位父亲带着儿子去参观凡·高故居，在看过那张小木床及裂了口的皮鞋之后，儿子问父亲：“凡·高不是位百万富翁吗?”父亲答：“凡·高是位连妻子都没娶上的穷人。”第二年，这位父亲带儿子去丹麦，在安徒生的故居前，儿子又困惑地问：“爸爸，安徒生不是生活在皇宫里吗?”父亲答：“安徒生是位鞋匠的儿子，他就生活在这栋阁楼里。”

这位父亲是一个水手，他每年往来于大西洋各个港口，这位儿子叫伊东·布拉格，是美国历史上第一位获普利策奖的黑人记者，20年后，在回忆童年时，他说：“那时我们家很穷，父母都靠出苦力为生。有很长一段时间，我一直认为像我们这样地位卑微的黑人是不可能有什么出息的。好在父亲让我认识了凡·高和安徒生，这两个人告诉我，上帝没有轻看卑微。”

悠然下山去

森林中举行比“大”比赛。老牛走上擂台，动物们高呼：大。大象登场表演，动物们也欢呼：大。台下角落里的一只青蛙气坏了，难道我不大吗？青蛙嗖地跳上一块巨石，拼命鼓起肚皮，并神采飞扬地高喊：我大吗？不大。传来一片嘲讽之声。青蛙不服气，继续鼓肚皮。随着“嘭”的一声，肚皮鼓破了。可怜的青蛙，至死也不知道它到底有多大。

我的一位朋友，是个登山队员，一次他有幸参加了攀登珠穆朗玛峰的活动，在6400米的高度，他体力不支，停了下来。当他讲起这段经历时，我们都替他惋惜，为何不再坚持一下呢？再攀一点高度，再咬紧一下牙关。

“不，我最清楚，6400米的海拔是我登山生涯的最高点，我一点都没有遗憾。”他说。我不禁对他肃然起敬。联想起人生，一个人不怕拔高，就怕找不到生命的制高点。任何事情都存在突破口，但不是任何人都能够穿越突破口，抵达更高的层次。

彬彬有礼

从前有一只兔子,他非常谦虚,有着良好的教养,待人处世彬彬有礼。有一次,他到一个农民的菜园子里去偷菜吃,把肚子吃得鼓鼓的,正准备往回走,忽然看见一只狐狸。这只狐狸要回到森林里去,半路上想到农家院子里偷只鸡,结果什么也没有捞到,真是又饿又气!

兔子见到狐狸,心里一惊:怎么办呢?跑!还好狐狸没发现他,他飞快地跑到一个山洞,可是他万万没有想到,洞里等着他的是一个更加危险的敌人—— 一条大蛇!

好在兔子有一个很好的习惯, 它进别人的家以前向来要得到主人的允许,否则,决不贸然闯进。

“应当先打个招呼。”兔子想,“可是跟谁打招呼呢?山洞!当然啦,应当跟山洞打招呼!”

兔子把屁股往后爪子上一蹲,摆出一幅绅士的姿态,彬彬有礼地说:

“亲爱的山洞,你好啊!我可以进来吗?”

大蛇听出这是兔子的声音,真是喜出望外,因为他特别想吃兔子肉。

“快进来吧,快进来!”蛇回答说。他想,这一回,兔子可要上当了。

兔子闻听,又吓了一跳,庆幸自己没有匆忙闯进去。

“请原谅,我打扰您了,”兔子说,“我刚才忘了,兔妈妈还在家里等着我呢,再见!”他一拔腿,便跑得不知去向。

大蛇在洞里缩成一团,懊丧地说:

“我真不该回答他。唉,这些彬彬有礼的兔子,真该死!他们进来之前先问好,原来是别有用心啊!”

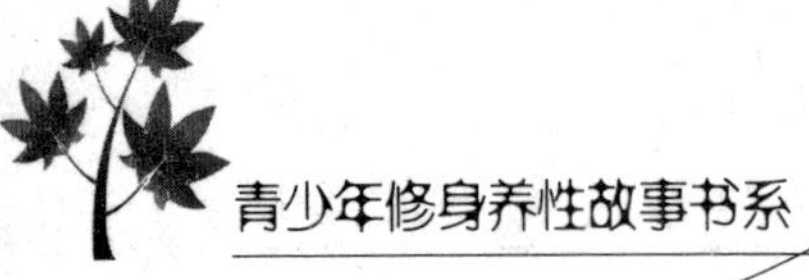

艺人与儿子

在很久以前，有一个村庄里住着一位做泥娃娃的手艺人。他做的泥人十分漂亮,人人喜欢,上市场卖也很畅销,所以他的日子过得不错。

艺人有一个儿子,手挺灵巧的。为了手艺不失传,艺人教儿子做泥人。这样,父子俩就开始一起做泥人。

儿子的手比父亲的还巧,加上他年轻力壮,干起活来干脆利落,他做的泥人比父亲的还好,青出于蓝而胜于蓝了。起初,他做的泥人和父亲做的卖一样的价钱。但是,当挨了父亲的训斥之后,他做泥人就更加认真了。结果没有多久,他做的泥人的卖价就超过了父亲。父亲做的泥人每个卖两卢比,他做的卖 3 卢比。可是,父亲对儿子的斥责并没有减少。他对儿子做的泥人总是不满意,不是说这里有缺点,就是说那儿有毛病。

儿子做泥人比以前更用心、更刻苦了。每天吃完饭就做泥人,天天如此。

现在,儿子的泥人做得比以前更好了,在市场上出售的价格不断提高。父亲做的泥人还是跟以前一样,每个卖两卢比,而儿子做的则涨到了 4 卢比,5 卢比,6 卢比,8 卢比,最后到了 10 卢比!

可是,父亲仍不满意。他给儿子做的泥人一个一个地挑毛病:这只眼睛比那一只大了,两个肩膀不匀称;这做的是耳朵还是扬谷用的簸箕?指甲太小,看都看不见!

第二天,儿子生气了。他说:“爸爸,你为什么老是挑我做的泥人的毛病?你做的泥人,每个我都能挑出 20 个毛病!你也不看看,你做的泥人至今仍卖两卢比一个,而我做的呢,卖 10 卢比人们还都争着买。我觉得我做的泥人什么毛病也没有,根本不必再加工!”

父亲很失望,伤心地说:“孩子,你说的我都明白。不过这些话从你嘴里说出来,

我很难过。我知道,今后你做的泥人的价钱永远也不会超出10卢比了。”

“为什么?”儿子惊奇地问。

父亲看了看儿子,说:“作为一个手艺人,如果认为自己的手艺到了家,没有改进的余地了,或者认为根本没有改进的必要,那么就意味着他的长进就此停止。艺人什么时候一自满,他的手艺就再也不会提高了。以前有一天,我也对自己的手艺自满起来,结果从那天开始一直到现在,我做的泥人只能卖两卢比一个,从来没有超过这个价钱过。”

儿子听了,惭愧地低下了头。

洗衣工和陶匠

在一个城市里,有一个洗衣工和一个陶匠,各自辛苦经营自己的事业。他俩是邻居,年轻时候,还是要好的朋友。陶匠一直没有交上好运,而洗衣工的日子越过越红火。陶匠便生出了妒忌心,再也不和洗衣工说话了,而且咋看洗衣工咋别扭。

每到晚上,他躺在床上睡不着,伸出拳头在黑暗中摇晃,嘟嘟哝哝地自言自语:“这个流氓,怎么就一天天越来越富,老子有手艺,也有干劲,却越来越穷哩。”到最后,他忽然想起一个叫洗衣工家破人亡的计划。

第二天早晨,他在街上选好一个显眼的地点站住,而这条路是国王骑象必经之地。看到国王来了,陶匠就大声喊道:“多害臊啊,瞧着咱们的伟大的国王骑在一头黑不溜秋的象上!特别是这畜生本来可以请洗衣工师傅给洗干净的哟!”

凑巧这国王又恰恰是个没有头脑的人,他马上勒住大象,停下来问道:“我的好百姓,你的意见的确不错。但不知这个能把黑象洗白的洗衣工师傅,到哪儿才能找到呀?”

“我的皇上,”陶匠回答道,“肥皂和碱面的种类很多,只有洗衣师傅才明白它们的性能。一个手艺高明的洗衣工,用上一种特殊的肥皂和一种特殊的碱面,他是能够把皇上的大象洗白的。陛下,您不用担心,我认识一个洗衣工师傅,他就能干这工作。他恰巧就是我的邻居哩。”国王听了十分高兴,取下红宝石戒指奖给陶匠。

国王想到他将有一头白象了,心里十分兴奋,便调转象头,打道回宫。他立即叫人请来洗衣工,说:“现在,你把这头象牵去洗吧,三天后要给我牵回一头白象。”洗衣工是个机灵人,一下子便明白了准是那个陶匠在国王面前捣的鬼。正当他迟疑思考这件事时,国王变得不耐烦起来,威胁说:“洗衣工,你怎么这么不痛快呢?你想保住你的脑袋吗?”

“我的皇上,”洗衣工回答,“能给您洗大象,对我既是无上的光荣,也是无穷的

快乐；不过，我在考虑，得有一个能盛得下这象的大盆呐。”国王一听这话有道理，立刻同意了洗衣工的要求，把陶匠召到面前，命令他做个大盆，要大得能把大象装进去洗。

妒忌心重的陶匠不得不花许多日子去做大盆。好不容易，盆做出来了。

洗衣工把刷洗完的大象往盆里赶，可是象脚刚踏进盆。盆就被压成碎片。

“陶匠，”国王命令说，“把盆做厚点。”

但不管多厚，大象一踩，就马上裂成碎片。

就这样一个比一个厚地做下去，直到陶匠倾家荡产，心脏破裂而死才完。

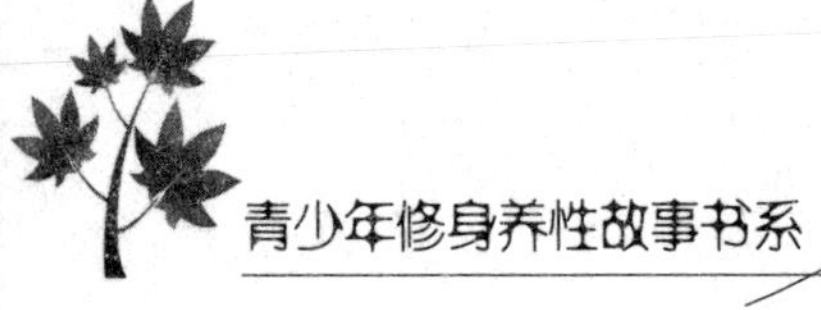

行走在沙漠中的人

一个人在沙漠行走了两天。途中遇到暴风沙,一阵狂沙吹过之后,他已辨不出正确的方向。

他茫无目的地在沙漠中流浪了两天,随身带的水和食物都消耗殆尽,全身也没有力气,一步一晃,就在他实在撑不下去的时候,一幢饱经风霜的小屋出现在他的视野。

这是一间不通风的小屋子,里面堆了一些枯朽的木材。他几近绝望地走到屋角,却意外地发现了一座抽水机。

他兴奋地上前抽水,却任凭他怎么抽,也抽不出半滴水来。他颓然坐地,却看见抽水机旁,有一个用软木塞堵住瓶口的小瓶子,瓶上贴了一张泛黄的纸条,纸条上写着:你必须用水灌入抽水机才能引水!不要忘了,在你离开前,请再将水装满!他拔开瓶塞,发现瓶子里果然装满了水!

他的内心开始交战起来:如果自私点,只要将瓶子里的水喝掉,他就不会渴死,就能活着走出这间屋子,如果照纸条做,把瓶子里仅有的一点儿水倒入抽水机内,万一水一去不回,他就会渴死在这地方了。

"到底要不要冒险?"最后,他决定把瓶子里唯一的水全部灌入看起来破旧不堪的抽水机里,以颤抖的手抽水。水真的大量涌了出来!

他将水喝足后,把瓶子装满水,用软木塞封好,然后在原来那张纸条后面,再加上他自己的话:相信我,这是真的。

别人的羽毛

一天,一只麻雀飞去见鸟中之王——鹰,向它哭诉道:“别人都看不起我,它们说我很丑。”

老鹰考虑了一下,觉得麻雀确实可怜,于是就让所有的鸟各给麻雀一片羽毛。

麻雀有了各种鸟儿的羽毛后,显得漂亮极了,每片羽毛颜色都不一样。麻雀把翅膀一张,真叫人眼花缭乱。麻雀因为有了这五彩缤纷的羽毛而骄傲起来,每天都盯着自己的羽毛,不理睬别的鸟儿。它老是欣赏着自己的羽毛,自我陶醉着:瞧我有多漂亮!

鸟儿都飞到它们的国王老鹰那里去,愤愤不平,向它告状说麻雀因为有别人给它的羽毛而自夸,跟别的鸟儿连话都不愿意说。国王老鹰把麻雀叫了来。

“所有的鸟都在告你的状哩,麻雀!”鸟王对它说,“听说你拿它们的羽毛来自夸,骄傲得连话都不愿同它们说了,是真的吗?”

麻雀说:“它们是出于妒忌说的,因为我比它们所有的鸟都漂亮得多。你瞧一瞧,自己判断吧!”

麻雀张开两扇翅膀,也的的确确很美丽。

“那么好吧!”老鹰说,“如今让每只鸟把原来给麻雀的那片羽毛收回去,既然它这么漂亮,就用不着要别人的羽毛了。”

所有的鸟都扑向麻雀,把自己的那片羽毛取了回来。麻雀还跟原来一样灰不溜溜的。

驴与狼

一只饿狼正在森林里找东西吃，忽然看到了一头驴。狼舔舔嘴唇，高兴得不得了，心想:“食物终于来了。”他连忙跑到驴的跟前，问驴:

“你是从哪儿来的?”

“我是从村子里来的。”驴回答说，这头驴虽然长在村里，但是狼的恶行它是知道的，暂时逃不掉，只好应付。

“那很好!”狼说，“你来得正是时候。我已经饿极了，正等着吃你呢!”

驴子听了直摇头，假装竖起耳朵，倒退几步说:

“狼先生啊，别吃我吧!”

“我可没别的办法，”狼说，“饿了我就是要吃你!”

“哎呀，狼先生啊，你就是吃了我，也不能管你饱一辈子。”驴说，“你最好还是别吃我，我可以帮你弄到肉，能够你吃一年的呢!”

“真的吗?”

“当然是真的!狼先生，请你骑到我的背上来，我可以把你送到草地去，那里有一群一群的绵羊。你可不知道，那些羊有多肥呀，那些可爱的小羊羔，简直是数也数不清。它们的肉又嫩，又鲜，可好吃呢。到了那儿，你可以想吃多少就吃多少!”

听驴这么一说，狼可高兴了，到现在为止，从来也没有人称他为“先生”，从来也没有哪一种动物主动让他骑过，从来也没有人答应过要给他整群的肥羊，还有那又鲜又嫩的小羊羔!

狼已经把自己确确实实地当成一位“先生”了。他朝驴看了一眼，打起官腔说:

“好吧，就这样决定了!我已经同意骑到你的背上了，可是得有个条件，你不许乱蹦，不许上山，要走得稳稳的，专门找平地走才行。要是让我在上面颠簸，我可不愿意!”

“狼先生，你就放心好了，你骑到我背上，我一定让你感到舒舒服服的!”

于是，狼骑到了驴的身上。为使自己牢固，他用牙齿死死地咬住了驴的长耳朵。

驴在森林里沿着小路慢慢悠悠地走着。他走得很稳，很慢，遇到大木头、大石头，他都小心翼翼避开，一边走，一边还问：

“狼先生，你感到舒服吗?如果颠的话请您吱一声。”

“没什么!”狼说，“一点也不颠。就这样继续往前走吧。注意，可别惹我生气啊!”

狼骑在驴背上，东看看，西望望，非常得意。他想：“也许我确确实实是一位受人尊重的先生呢!”

驴走着走着，已经出了森林，朝一个村子走去。

“喂，驴啊，羊群在哪儿呢?我怎么没有看见呀?”狼肚子饿了，着急地问。

“马上你就要看见了，狼先生!别急嘛!”

驴越走越快。过了一会，狼又问：

“那羊群、羊羔到底在哪儿呢?”

“你别担心，狼先生，你要吃的东西，过一会就都有了，又有羊群，又有羊羔!”

说着说着，驴越跑越快，已经跑到了村里。他驮着狼，在村里的大路上边跑边喊：“大家看哪，我驮来了一只狼!”

人们一听，都从屋里跑了出来，有的拿棍子，有的拿叉子，有的拿铲子，人人都喊：“你这个坏东西，你咬死了我们多少羊!现在你又想害驴了，大家快来打恶狼啊，千万别放过这畜生!”

各家各户的狗也跑了出来，汪汪汪地喊着向恶狼扑过来。

狼看到情况不妙，赶紧从驴背上跳下来，不要命地向村外逃去，一边跑，一边想：“我的爷爷原来是很谦虚，爸爸也是一样，他们从来也没有骑过别的动物。今天我倒拿起架子，骑到驴的身上去了，作威作福了一阵子，可是险些送了命!不!我以后再也不当这个‘先生’，再也不骑驴了!”

老锁匠收徒

老锁匠一生修锁无数，技艺高超，收费合理，深受人们敬重。更主要的是老锁匠为人正直，每修一把锁他都告诉别人他的姓名和地址，说："如果你家发生了盗窃，只要是用钥匙打开家门的，你就来找我!"

老锁匠老了，为了不让他的技艺失传，人们帮他物色徒弟。最后老锁匠挑中了两个年轻人，准备将一身技艺传给他们。

一段时间以后，两个年轻人都学会了不少技术。但两个人当中只能有一个得到真传，老锁匠决定对他们进行一次考试。

老锁匠准备了两个保险柜，分别放在两个房间，让两个徒弟去打开，谁花的时间短谁就是胜者。结果大徒弟只用了不到十分钟就打开了保险柜，而二徒弟却用了半个小时，众人都以为大徒弟必胜无疑。老锁匠问大徒弟："保险柜里有什么?"大徒弟眼中放出了光亮："师傅，里面有很多钱，全是百元大钞。"问二徒弟同样的问题，二徒弟支吾了半天说："师傅，我没看见里面有什么，您只让我打开锁，我就打开了锁。"

老锁匠十分高兴，郑重宣布二徒弟为他的正式接班人。大徒弟不服，众人不解，老锁匠微微一笑说："不管干什么行业都要讲一个'信'字，尤其是我们这一行，要有更高的职业道德。我收徒弟是要把他培养成一个高超的锁匠，他必须做到心中只有锁而无其他，对钱财视而不见。否则，心有私念，稍有贪心，登门入室或打开保险柜取钱易如反掌，最终只能害人害己。我们修锁的人，每个人心上都要有一把不能打开的锁。"

空花盆

很久很久以前，在一个国家里，有一个贤明而受人爱戴的国王。但是，他的年纪已很大了，而且没有一个孩子。关于王位的继承这件事，他很伤脑筋。有一天，国王想出了一个办法，说："我要亲自在全国挑选一个诚实的孩子，收为我的义子。"他吩咐发给每一个孩子一些花种子，并宣布：

"如果谁能用这些种子培育出最美丽的花朵，那么，那个孩子便是我的继承人。"

所有的孩子都种下了那些花种子，他们从早到晚，浇水、施肥、松土，护理得非常精心。

有一个叫真诚的男孩，他把领来的种子认真的种好，每天都精心培育，但是，10天过去了，种子没有发芽，一个月也过去了，花盆里依然是那些土，毫无绿意。

"真奇怪!"真诚有些纳闷，便去问他的母亲：

"妈妈，为什么我种的花不出芽呢?"

母亲同样为此事操心，她说：

"你把花盆里的土换一换，看行不行。"

真诚依照妈妈的意见，在新土里播下了那些种子，但是它们仍然不发芽。

国王决定观花的日子到了。无数个穿着漂亮服装的孩子们涌上街头，各自捧着盛开着鲜花的花盆，每个人都想成为继承王位的太子。但是，不知为什么，当国王环视花朵，从一个个孩子面前走过时，他的脸上没有一丝高兴的影子。

忽然，在一个店铺旁，国王看见了正在流泪的真诚，这个孩子端着空花盆站在那里。国王把他叫到自己的跟前，问道："你为什么端着空花盆呢?"

真诚抽咽着，他把他如何种花，但花种子总不发芽的经过告诉给国王，并说，这可能是报应，因为他曾在别人的果园里偷摘过一个苹果。

国王听了真诚的回答，高兴地拉着他的双手，大声地说：

“你就是我忠实的儿子!”

“为什么您选择一个端着空花盆的孩子做接班人呢?”孩子们问国王。

国王说：

“子民们，我发给你们的花种子都是煮熟了的。”

听了国王的话，那些捧着最美丽的花朵的孩子们，个个面红耳赤，因为他们播种下的是另外的花种子。

碗底的诱惑

朋友经常会给我们讲一些有启示的例子:

他说,有一个孩子拿着大碗去买酱油。两角钱的酱油装满了碗,提子里还剩了一些。这孩子把碗翻过来,用碗底装回剩下的酱油。到了家,他对妈妈说:"碗里装不下,我把剩下的装碗底了。"孩子期望得到赞扬:他聪明,善用碗的全部。而妈妈却说:"孩子,你真傻。"

这是故事的第一部分。当年母亲讲这个故事的时候,我并不明白这个孩子傻在哪里,但没问,否则我妈会说:"你也真傻。"过了 30 年,我才明白这个故事的含义,发现故事的主角乃是我。如今,我的生活恰如捧着一个倒扣着的碗。碗底浅浅地荡漾着一点东西,即我写过的一些文字。碗的那一面是空的,里面的东西已洒光了。同时我不知自己曾经泼洒了什么,但必可珍惜。

故事的第二部分,妈妈说:"孩子,两角钱就买这么点酱油吗?"

孩子很得意,说:"妈妈,这面还有呢!"他把碗翻过来,于是碗底的酱油也洒了。

提醒自我

有个老太太坐在马路边望着不远处的一堵高墙,总觉得它马上就会倒塌,见有人向她走过去,她就善意地提醒道:“那堵墙要倒了,远着点走吧。”被提醒的人不解地看着她,大模大样地顺着墙根走过去了——那堵墙没有倒。老太太很生气:“怎么不听我的话呢?!”又有人走来,老太太又予以劝告。两天过去了,许多人在墙边走过去,并没有遇上危险。第四天,老太太感到有些奇怪,又有些失望,不由自主便走到墙根下仔细观看,然而就在此时,墙倒了,老太太被掩埋在灰尘砖石中,气绝身亡。

智者和愚者

眼前，大路小径纵横交错，如一张令人迷惘的网。人人都得走过这张网。

一位智者和一位愚者走到了这张网跟前。

智者弯下养尊处优的身子，显出颇有教养的神情，从容不迫地理起网来。他要找出一条路，走过那张迷人的网。

愚者停下脚步，四下打量权衡之后，果敢地跨出脚步，向那张网走去。他要踩着那张网，朝着自己的目标，走出自己的路。

多少时间过去了。愚者已衣衫破烂，身上带着血痕，那张网却已在他的背后。由于踏出了一条新的带血的路，那张错综的网更显得错综。驻足回眸，他如行者从容地整理着自己的衣衫，又准备踏上新的旅程，尽管路上布满荆棘。

智者仍在那张网中小心翼翼地理着，在寻觅着别人走过的路。

犹豫先生和耕耘先生

一位智商一流、执有大学文凭的翩翩才子决心“下海”做生意。有朋友建议他炒股票，他豪情冲天，但去办股东卡时，他又犹豫道：“炒股有风险啊，等等看。”

又有朋友建议他到夜校兼职讲课，他很有兴趣，但快到上课了，他又犹豫了：“讲一堂课，才20块钱，没有什么意思。”

他很有天分，却一直在犹豫中度过。两三年了，一直没有“下”过海，碌碌无为。

一天，这位“犹豫先生”到乡间探亲，路过一片苹果园，望见满眼都是长势茁壮的苹果树。禁不住感叹道：“上帝赐予了一块多么肥沃的土地啊！”种树人一听，对他说：“那你就来看看上帝怎样在这里耕耘吧。”

你自己最伟大

一个小老鼠从一间房子里爬出来，看到高悬在空中、放射着万丈光芒的太阳。它禁不住说："太阳公公，你真是太伟大了！"

太阳说："待会儿乌云姐姐出来，你就看不见我了。"

一会儿，乌云出来了，遮住了太阳。

小老鼠又对乌云说："乌云姐姐，你真是太伟大了，连太阳都被你遮住了。"

云却说："风姑娘一来，你就明白谁最伟大了。"

一阵狂风吹过，云消雾散，一片晴空。

小老鼠情不自禁道："风姑娘，你是世界上最伟大的了！"

风姑娘有些悲伤地说："你看前面那堵墙，我都吹不过呀！"

小老鼠爬到墙边，十分景仰地说："墙大哥，你真是世界上最伟大的了。"

墙皱皱眉，十分悲伤地说："你自己才是最伟大的呀，你看，我马上就要倒了，就是因为你的兄弟在我下面钻了好多的洞啦！"

果真，墙摇摇欲坠，墙角上跑出了一只只的小老鼠。

飞翔的蜘蛛

信念是一种无坚不摧的力量，当你坚信自己能成功时，你必能成功。

一天，我发现，一只黑蜘蛛在后院的两檐之间结了一张很大的网。难道蜘蛛会飞?要不，从这个檐头到那个檐头，中间有一丈余宽，第一根线是怎么拉过去的?后来，我发现蜘蛛走了许多弯路——从一个檐头起，打结，顺墙而下，一步一步向前爬，小心翼翼，翘起尾部，不让丝沾到地面的沙石或别的物体上，走过空地，再爬上对面的檐头，高度差不多了，再把丝收紧，以后也是如此。

河边的苹果

一位老和尚,他身边聚拢着一帮虔诚的弟子。这一天,他嘱咐弟子每人去南山打一担柴回来。弟子们匆匆行至离山不远的河边,人人目瞪口呆。只见洪水从山上奔泻而下,无论如何也休想渡河打柴了。无功而返,弟子们都有些垂头丧气。唯独一个小和尚与师傅坦然相对。师傅问其故,小和尚从怀中掏出一个苹果,递给师傅说,过不了河,打不了柴,见河边有棵苹果树,我就顺手把树上唯一的一个苹果摘来了。后来,这位小和尚成了师傅的衣钵传人。

为何团团转

一个后生来到一座寺庙，在路上他看到了一件有趣的事，想以此考考老师父，冷不防地问了一句："为何团团转？""皆因绳未断。"老师父随口答道。

后生听了，顿时目瞪口呆："你怎么知道的？"后生接着说："我在路上看到一头牛被绳子穿了鼻子拴在树上，牛想离开这棵树，到草地上去吃草，但它转过来转过去都不得脱身。我以为师父没看见，肯定答不出来，哪知师父出口就答对了。"

老师父微笑着说："你问的是事，我答的是理，你问的是牛被绳缚而不得解脱，我答的是心被俗务纠缠而不得超脱，一理通百事啊！"

好战的狼

“想到父亲就感到荣耀,”小狼对狐狸讲,“他是一位真正的英雄。他在整个地区曾引起何等的敬畏呀!他一个接一个地战胜了两百多个敌人,把他们肮脏的灵魂送进了地狱。奇怪的是,他终于被一个敌人打败了!”

“致悼词的人可以这样表达,”狐狸说,“然而实在的历史学家会这样补充:他一个接一个地战胜的两百多个敌人全是些绵羊和骡子;而那个征服他的人,是他胆敢触犯的第一头犊牛。”

学大雁，别学海鸥

很容易理解人们为什么喜欢海鸥——俯视礁石嶙峋的海港，一只海鸥在自由地飞翔。它的双翼强劲地向后拍打着，越升越高，越升越高，直到高过所有其他海鸟，然后滑翔出一个个华丽的弧圈。它不断地表演着，好像知道一架摄像机正对准它，记录着它的优雅。

但是在海鸥群里，它完全变了个样子，所有的优雅与庄严都堕落为肮脏的内斗与残忍。还是那只海鸥，它像炸弹般冲入鸥群中，偷走一点肉屑，激起散落的羽毛和愤怒的尖叫。海鸥之间不存在分享与礼貌的概念，只有嫉妒和凶猛的竞争。如果你在一只海鸥的腿上系上根红丝带，使它显得与众不同，你就等于宣判了它的死刑。其他海鸥用爪子和嘴猛烈地攻击它，让它皮开肉绽、鲜血直流，直到倒在地上成为血肉模糊的一团。

如果我们一定要选一种鸟儿作为人类社会的榜样，那么海鸥绝对不是个好选择。相反，我们应当学习大雁的行为。

你曾想过为什么大雁要排成“V”字形的雁阵吗?科学家告诉我们，在雁阵中大雁飞行的速度比单飞高出 71%。处于“V”字形尖端的大雁任务最为艰巨，需要承受最大的空气阻力，因此领头的大雁每隔几分钟就要轮换，这样雁群就可以长距离飞行而无需休息。

雁阵尾部的两个位置最为轻松，强壮的大雁就让年幼、病弱以及衰老的大雁占据这些省力的位置。雁阵不停地鸣叫，这是强壮的大雁在鼓励落后的同伴。如果哪只大雁因为过于疲劳或生病而掉队，雁群也不会遗弃它。它们会派出一只健康的大雁，陪伴掉队的同伴落到地上，一直等到它能继续飞行。

奇迹

这是发生在第二次世界大战中期，美国空军和降落伞制造商之间的真实故事。

当时，降落伞的安全性能不够。在厂商的努力下，合格率已经提升到99.9%，仍然还差一点点。军方要求产品的合格率必须达到100%。对此，厂商不以为然。他们认为，没有必要再改进，能够达到这个程度已接近完美。他们一再强调，任何产品也不可能达到绝对100%的合格，除非出现奇迹。

不妨想想，99.9%的合格率，就意味着每一千个伞兵中，会有一个人因为跳伞而送命。

后来，军方改变检查质量的方法，决定从厂商前一周交货的降落伞中随机挑出一个，让厂商负责人装备上身后，亲自从飞机上跳下。这个方法实施后，奇迹出现了：不合格率立刻变成了零。

大哲理：要想击败对手，得先找到对手的弱点，这样才能轻而易举地击败他。

鹤鸣鞋店的广告

新中国成立前，南京有家鹤鸣鞋店，牌子虽老，却无人问津。老板发现许多商社和名牌店那时兴登广告推销商品，他也想做广告宣传一下。

但怎样的广告才有效呢?店老板来回走动寻思着。这时，账房先生过来献计说："商业竞争与打仗一样，只要你舍得花钱在市里最大的报社订三天的广告。第一天只登个大问号，下面写一行小字：欲知详情，请见明日本报栏。第二天照旧，等到第三天揭开谜底，广告上写'三人行必有我师，三人行必有我鹤鸣皮鞋'。"

老板一听，觉得此计可行，依计行事，广告一登出来果然吸引了广大读者，鹤鸣鞋店顿时家喻户晓，生意火红。老板很感触地意识到：做广告不但要加深读者对广告的印象，还要掌握读者求知的心理。

这则特别的商业广告，也显示出赫赫有名的老商号财大气粗的气派。从此，鹤鸣鞋店在京沪鞋帽业便鹤立鸡群了。

小偷与母亲

小时候,听过这么一个故事。

有个小孩,名叫小明,经常在学校内偷同学的东西。有一次,他偷了同学的书本,交给母亲。母亲不但没有责备他,还称赞了一番。过了几天,小明又偷了支钢笔,回来交给母亲,母亲对他更加夸奖。

慢慢小明长大了,偷窃成了他的习惯。有一回,他偷他人的脚踏车,被警察发现而当场被捉。他被押送到警局去,他母亲闻讯后赶来,捶胸痛哭。这时,小明便要求与母亲贴耳说几句话。当母亲走向前去时,小明便衔住母亲的耳朵,使劲咬了下来。母亲痛苦万分,痛骂小明不孝,做错事还不知改过,甚至将母亲的耳朵弄残。

小明回答说:“当初我偷书本交给你时,如果你打我一顿,我今天就不会落到这种地步了!”

满袋锦囊妙计的狐狸

在森林里，住着一只见识广阔，满腹经纶，在社会上颇有地位的狐狸。这只狐狸熟读理论，常以专家自居，喜欢滔滔不绝地发表长篇大论。

有一天它外出，遇上一只从森林外边来的小花猫。小花猫仰慕这狐狸“才高八斗”，因此便虚心请教。

小花猫问道：“尊敬的狐狸先生，近来生活困难，您是怎样度过的？”

狐狸说：“什么?你这只可怜的花猫，每天只会捉老鼠，你有什么资格问我如何生活!真不识抬举!你学过什么本领?说来听听!”

小花猫很谦虚地说：“我只学会一种本事。”

“什么本事?”

“如果有只狼狗向我扑来，我就会跳到树上去逃生。”

“唉，这算什么本领?我可是精读百科全书，掌握上百种武术，我身边还有满袋的锦囊妙计呢!你太可怜了!让我教你逃脱狼狗追逐的绝招吧!”

说着狐狸想从袋子中寻找妙计。刚巧，这时一群猎人带了四只猎狗迎面而来。小花猫敏捷地一纵身跳上一棵树，躲藏在茂密的树叶中。小花猫大声向正在惊慌得不知所措的狐狸说：“狐狸先生，赶快解开你的锦囊，拿出脱身妙计来！”

语毕，四只猎狗已扑向狐狸，将它抓住了。

小花猫叹息道：“唉，狐狸先生，你会十八般武艺，却不会使一招半式。如果像我一样懂得爬上树来，你就不会落到这种凄凉的下场了!”

信仰

澳洲曾经出现过一个野蛮民族,族人不分男女老幼,个个习武有力,赤手空拳也能和狮虎搏斗。残暴的性情加上天赋的力量,令其他弱小的族群长期生活在他们的欺凌之下。

但经过调查,这支民族后来却是澳洲所有稀少民族中最先灭亡的一支。

听说,有人暗查出这个民族传袭着一种奇怪的信仰——禁止洗澡。他们认为身体的污垢是神赐的礼物,若是加以洗净,力量就会消失,形同软弱的兔子,毫无反抗之力,只有任敌人宰割。于是,几支弱小民族联合起来,在一个风雨交加的夜晚,将暴涨的河水导进他们所居住的洞穴。果然,突如其来的河水冲刷,令他们发出惊惶的哀号,一时之间,仿佛失去了所有的力量,一个个痴呆地瘫倒在地。

当一支支石刀刺进他们的胸膛,尽管鲜血四溅,他们却在相信力量已经完全消失的心理因素下,不做任何抵抗。研究人类学的专家说:信仰使人拥有力量,信仰也使人失去力量。

换了你，你杀谁

朋友拿了一份报纸要我做个实验，我同意了。

问题一：如果你知道一个女人怀孕了，她已经生了8个小孩子了，其中有3个耳朵聋，2个眼睛瞎，一个智能不足，而这个女人自己又有梅毒，请问，你会建议她堕胎吗？

我刚要回答，朋友制止了我，又问我第二个问题。

问题二：现在要选举一名领袖，而你这一票很关键，下面是关于3个候选人的一些事实。

候选人A：跟一些不诚实的政客有往来，而且会星象占卜学。他有婚外情，是一个老烟枪，每天喝8到10杯的马丁尼。

候选人B：他过去有过2次被解雇的记录，睡觉睡到中午才起来，大学时吸鸦片，而且每天傍晚会喝一大夸特威士忌。

候选人C：他是一位受勋的战争英雄，素食主义者，不抽烟，只偶尔喝一点啤酒。从没有发生婚外情。

请问你会在这些候选人中选择谁？

我把答案写在纸上，然后朋友告诉我：

候选人A是富兰克·斯福，候选人B是温斯顿·丘吉尔，候选人C是亚道夫·希特勒。

我听了答案张大了嘴巴。朋友问我你是不是为人们选择了希特勒，那你会建议哪个妇女去堕胎吗？

我说：这个问题不用考虑，我们受优生优育教育多年了，都生那么多歪瓜劣枣了，就别在添乱了。我建议她去堕胎。

朋友告诉我：你杀了贝多芬，她是贝多芬的母亲。

我又一次张大了嘴巴。朋友说：吓一跳吧？本来以为你认为很好的答案，结果却扼杀了贝多芬，创造了希特勒！

黄玫瑰的心

清晨，当第一道阳光照入，我决心为那已经奄奄一息的爱情做最后的努力。我想，第一件事是到花店去买一束玫瑰花，鹅黄色的，因为我的女友喜欢黄色的玫瑰。

往市场的花店去时，想到在一起5年的女友，竟为了一个其貌不扬、既没有情趣又没有才气的人而离开，而我又为这样的女人去买玫瑰花，既心痛又心碎，生气又悲哀得想流泪。

到了花店，一桶桶美艳的、生气昂扬的花正迎着朝阳开放。找了半天，才找到放黄玫瑰的桶子，只剩下9朵，每一朵都垂头丧气。"真衰，人在倒霉的时候，想买的花都垂头丧气的。"我在心里咒骂。

"老板，"我粗声地问，"还有没有黄玫瑰。"

老先生从屋里走出来，和气地说："只剩下你看见的那几朵啦。"

"每一朵的头都垂下来了，我怎么买?"

"哦，这个容易，你去市场里逛逛，半小时后回来，我包给你一束新鲜、精神的黄玫瑰。"老板赔着笑，很有信心地说。

"好吧。"我心里虽然有些不信，但想到说不定他要向别的花店调，也就转进市场逛去了。

好不容易在市场里熬了半个小时，再转回花店时，老板已经把一束元气淋漓的黄玫瑰用紫色的丝带包好了，放在玻璃柜上。

我不敢相信自己的眼睛，我说："这就是刚刚那一些黄色玫瑰吗?"

"是呀，就是刚刚那黄玫瑰。"老板还是笑眯眯地说。

"你是怎么做到的，刚刚明明已经谢了。"我听到自己发出惊奇的声音。

花店老板说："这非常简单，刚刚这玫瑰不是凋谢，只是缺水，我把它整株泡在水里，才20分钟，它们全又挺起胸膛了。"

“缺水?你不是把它插在水桶里吗?怎么可能缺水呢?”

“少年仔,玫瑰花整株都需要水呀,泡在水桶里的是它的根茎,就好像人吃饭一样。但人不能光吃饭,人要用脑筋、有思想、有智慧,才能活得抬头挺胸。玫瑰花的花朵也需要水,在田野里,它们有雨水露水,但是剪下来以后就很少人注意到它的头也要水了。整株泡在水里,很快就恢复精神了。”

我听了非常感动,愣在那里:原来人要活得抬头挺胸,需要更多智慧,应当把干枯的头脑泡在冷静的智慧水里。

当我告辞的时候,老板拍拍我的肩膀说:“少年仔,要振作呀!”这句话差点使我流泪,原来他早看清我是一朵即将枯萎的黄玫瑰。

回到家,我放了一缸水,把自己整个人埋在水里,体会着一朵黄玫瑰的心,起来后通身舒坦,决定不把那束玫瑰送给离去的女友。

那一束黄玫瑰每天都会泡一下水,一星期以后才凋落花瓣,但却是抬头挺胸凋谢的。

习惯

在某城镇的一条街上，住着几户人家。其中一家是富人，另一家是鞣皮匠。

富人家的屋子富丽堂皇，高高的屋檐，雕花的门窗，宽宽的走廊用圆圆的柱子支撑着，夏天坐在走廊上，让微风吹着，别提多舒服了。

鞣皮匠家的房子可差远了，低低矮矮的不说，那小窗小得只能进一只猫，那门低得人要低着头、弯着腰才能进去，里边又黑得要命。

富人有那样的好房子，但他十分钟也不敢在走廊上坐，因为，他实在无法忍受鞣皮匠家里飘过来的难闻的味。

鞣皮匠整天都要干活，于是，一张又一张的驴皮、马皮、猪皮、狗皮……都运到他家。他操起刀，一张一张地刮，然后用配好的料一张一张地鞣。

一股脏水像小河一样从鞣皮匠家的屋子里流出。那味可真难闻啊，无论谁走过那里都要紧紧地捂住鼻子，如果捂得不严，就会被熏得呕吐。

富人每天早晨起来，打开窗子闻到的就是这种臭味，他的好心情也总是被破坏。他忍不住了。于是，他多次来到鞣皮匠的家里，对他说：

"喂，你无论如何也不能再这样干下去了，如果你不尽快搬家，我总有一天要死在这里。我这里有一个金币，你拿上它快点搬家吧!"

鞣皮匠知道，无论到哪里人们都不会欢迎他，于是，他对富人说："老爷，我不要你的金币，不过请你放心，我已经找好了房子，要不了几天我就会搬走，请你放心好了。"

一天过去了，两天过去了。每当富人来催，鞣皮匠都是这几句话。

随着时光的流逝，鞣皮匠家的这股臭味仿佛变了，因为富人来催他搬家的次数越来越少了。

到最后，富人每天坐在走廊上，又是喝酒，又是吃肉，再也不让鞣皮匠为难了。

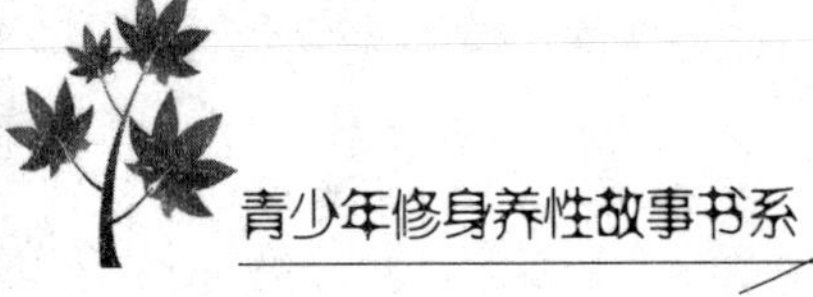

富人的变化使鞣皮匠十分纳闷。有一天,鞣皮匠见到了富人,问他道:“老爷,现在我们这条街有什么变化吗?”

富人说:“没有啊,我觉得在这里住十分舒服,”

富人早已经习惯了这里的味道,不觉得臭了。

路途的顶端

鹅毛大雪下得正紧,漫山遍野都覆盖了一层厚厚的雪。

有一位樵夫挑着两担柴吃力地往山上爬,他要翻过眼前的大山才能到家。樵夫一脚深一脚浅地走在山路上,寂静的山头只听见踩雪发出的吱吱的响声。

肩挑沉重的担子,头顶凛冽的北风,樵夫每一步都走得十分费力。好不容易爬了一段路,以为离山顶近了,可是他抬头仰望,前方仍看不到尽头。

樵夫沮丧极了,跪拜在雪地上,双手合十乞求佛祖现身帮忙。

佛祖现身问:“你有何困难?”

“我请求您帮我想个办法,让我尽快离开这鬼地方,我累得实在不行了。”樵夫疲惫地坐在地上。

“好吧,我教你一个办法。”说完,佛祖把手向农夫身后一指说,“你往身后瞧去,看见什么?”

“身后是一片茫茫白雪,只有我上山时留下的脚印。”樵夫不解地说。

“你是站在脚印的前方还是后方?”

“当然是站在脚印的前方,因为每一个脚印都是我踩下去后才留下的。”樵夫理所当然地回答。

“孺子可教!如此,即是说你永远站在自己走过路途的顶端。只是这个顶端会随着你脚步的移动而变化。你只需要记住一点,无论路途多么遥远、多么坎坷,你永远是走在自己路途的最顶端,至于其他的问题,你无须理会。”说完,佛祖便消失了。

樵夫照着佛祖的指示,果然轻松愉快地翻过山头回到家。

“没有比脚更长的路,没有比人更高的山”是对信念的肯定,亦是对人生的顿悟。踏雪留痕,那痕迹是历经艰辛的见证,更是走出困境的希望。当你对前途迷茫甚至绝望时,不妨看看身后,奋斗的足迹会激励你不懈前行。

等不及

我去郊区办事，中途需要倒一趟车。可那趟车左等不来，右等不来。这时过来一辆车，但不是我要等的。有人说，这辆车也能到达我要去的地方。我实在不愿意再等下去了，于是毫不犹豫地登上车。谁知上去之后才发现，这辆车需要绕很大的弯儿才到终点。如果我按原计划乘车，即使加上等待的时间，四十分钟也就足够了，而现在，我足足耗费了一个半小时。

就因为浪费了五十分钟，我差点把正事耽误了。后来我想，自己明知道采取后一种方式更耗时，为什么还鬼使神差般的上了车?那是因为我不愿意再等了。等待，实在是一件很折磨人的事，特别是当你心急火燎要达到目的的时候，多等一分钟，内心的焦虑就增加好几倍。

有一次，我在等电梯的时候，看见旁边一个人，又是抓耳又是挠腮，一副神不守舍的样子，大概是有急事要办。偏偏电梯每下一层都要停一停，像个拉慢车的老牛，眼看着电梯已经下到三楼，那人竟然直接去爬楼梯了。这时候，无论他的目的地是几楼，其实都没有电梯快。他的等不及，促使他做出了错误的选择，而他的选择，显然也是明知故犯。为什么要明知故犯呢?这还是一个心态问题。当一个人的焦虑冲破承受底限的时候，他就希望通过行走来缓解焦虑。

我身边有个同行，大家公认他业务水平很高，而且他也坚定地认为自己可以担当重任。很不巧，他在工作单位总是受压制。于是，他负气而走。让人哭笑不得的是，他离开后时间不长，那个经常压制他的领导也走了，而新换上来的领导，一度十分欣赏他。可惜，开弓没有回头箭，他只好在新单位埋头苦干，干了没一年时间，他感觉不太舒心，于是又换了东家。这样一年年过去了，他从一个地方跳到另一个地方，跳槽逐渐成了他生活的常态。而最初与他一起成长的那些人，大多成了本单位的中流砥柱，有的甚至成了高层领导。

这个同行提起一些人来，总是表现得非常不服气。是的，那些人业务水平确实

不如他，但人家的资历不断积累，久而久之，自然也成了一种水平。而这个同行，他以为一个人只要不停地走啊走，就能到达目的地。他不懂得，等待，本就是行走中的一个环节，有时候甚至比行走本身更重要。一个人，能够默默忍受等待带来的苦闷，把焦虑转化为行走，也是一种智慧。

如果你等不及，你就永远等不到。

寒梅傲雪需要等待严冬，百川入海需要等待汇集，生活亦如此。只有在等待中隐忍，在寂寞中成长，将耐心变为习惯，平复自己焦躁的心气，努力积蓄力量，才能厚积薄发，等来最终的成功。

快乐实验

记得儿时一次与小伙伴玩耍闹了矛盾，我大骂对方是笨蛋，他当然很恼火，也骂我是大笨蛋。吵嚷间，我叫道："上次考试我得了第一名，你是第十七名，你才是笨蛋——大笨蛋!"小伙伴一下憋红了脸，站在那里不动，与我怒目相向，我们就快打起来了。

恰巧这时父亲走过来，他严肃地批评我不该骂人，要我当场向小伙伴道歉，然后拉着我回家了。

父亲刚从省城出差回来，带了些东西，他在包里摸出几本小人书给我，我高兴坏了!父亲笑眯眯地瞅着我，说："还不快去操场，在小伙伴面前炫耀一下?"我立即跑出门。

吃晚饭的时候，父亲问我："怎么样?伙伴们眼馋不?"

我得意地说："那当然，那些小人书他们都没有看过!"父亲笑道："不忙，还有更好的东西给你呢!"我急了："真的?是什么嘛?"

父亲故意卖关子。直到晚饭后，天黑透，他才将"更好的东西"拿出来一把玩具冲锋枪!乖乖，我激动得要飞!手一扣动扳机，嗒嗒嗒、嗒嗒嗒!冲锋枪上还带亮闪闪的红绿灯呢!

父亲仍然笑眯眯地说："那么，你再去操场上，在小伙伴们面前炫耀一下。"我愣住了，怀疑地望着父亲："天黑了，哪儿有人呢?"父亲说："管他有人没人，你一个人也可以去操场上炫耀一下嘛!"我使劲摇头："一个人炫耀啥?你是怎么啦，爸爸?"

父亲这时才掏出心里话："儿子，我是给你做实验呢!白天，你拿着小人书，可以在小伙伴们面前炫耀；现在天黑了，你有了更值得自豪的冲锋枪，却无法炫耀——为什么?"我没回答。父亲继续说："白天我碰见你和小伙伴吵架你拿第一名来炫耀，伤害别人的自尊心，这是不对的，他是你的伙伴，是朋友，不要把别人当作自己的炫

耀对象！”父亲摸着冲锋枪，说：“如果你在炫耀中获得了心理满足，我看，你该感谢那些伙伴才对，因为有他们在看着你炫耀；如果没有观众，你再了不起，又怎样呢……”

一个人的生活无法想象，你无法感受爱，无法去倾诉衷肠，你会感觉空虚落寞，彷徨恐惧。因此，人应珍惜身边的人，努力去爱他们，同时也要学会感激他们，是他们给了你一个幸福快乐的天地。

方丈的智慧

方丈下山讲授佛法。在一家店铺里看到一尊释迦牟尼像,青铜所铸,形体逼真,神态安然,方丈大悦,若能将其带回寺里,开启其佛光,永世供奉,真是一件幸事。可店铺老板见方丈如此钟爱这尊佛像,就咬定五千元价格不放。

方丈回到寺里对众僧谈起此事,并说一定要买下这尊释迦牟尼佛像。众僧问方丈打算以多少钱买下它。方丈说:“五百元足矣。”众僧都不相信,那怎么可能呢?方丈说:“天理犹存,当有办法,万丈红尘,芸芸众生,欲壑难填,则得不偿失啊,我佛慈悲,普度众生,当让他仅仅赚到这五百元。”

“怎样普度他呢?”众僧不解地问。

“让他忏悔。”方丈笑答道。众僧更不解了。方丈说:“你们只管按吩咐去做就行了。”

方丈让弟子们乔装打扮了一下。

第一个弟子下山去店铺买那尊佛像,和老板砍价时咬定四千五百元价格不放,未果回山。

第二天,第二个弟子下山去买那尊佛像,和老板砍价咬定四千元不放,亦未果回山。

就这样,直到最后一个弟子在第九天下山时,所给的价已经低到了二百元,还是未果。

眼见那些买主一天天离去,价格一个比一个出得低,老板很是着急,每一天他都后悔:不如以前一天的价格卖给前一个人算了。他深深地责怨自己太贪财了。到第十天时,他在心里说,今天若再有人来买这尊佛像,无论出多少钱我都卖给他。

第十天,方丈亲自下山,说要出五百元买下这尊佛像,老板高兴得不得了价格竟然又反弹到了五百元!当即出手。高兴之余又另赠方丈龛台一副。方丈得到了那

尊铜像,谢绝了龛台,单掌作揖笑曰:“欲壑无边,凡事有度,一切适可而止啊!善哉,善哉……”

芸芸众生,欲壑无边,归根结底是一个“贪”字在作祟。正所谓“人心不足蛇吞象”,凡事都应适可而止,时刻明白水满则溢的道理,如此才能不为外物所左右,才能拥有一颗不因尘世蒙尘的心,身心才能自在。

如果人生有了污点

读初中时，美术老师请来市里的一位老画家，在课堂上为我们现场作画。

老画家的腿有点残疾，当他走上讲台准备作画时，由于右腿站立不稳，一个趔趄，手中的笔抖落出一滴墨汁，正好溅落在画纸上。美术老师赶忙上前扶住老画家，问是否要把这张弄脏的画纸换掉。老画家摆摆手说“不必”。由于那点溅落的墨汁正好位于画纸中央，看得出老画家对它颇费思量，手中的狼毫笔在砚盘里蘸了一下又一下……突然，老画家迅速提笔、运笔，画纸上就出现了一只展翅高飞的雄鹰。原先的那点墨汁，竟成了雄鹰那双爪子下紧攥的一颗石子。

老画家的精巧构思和布局，赢得了阵阵掌声。

最后，美术老师代表我们全体同学向老画家表示感谢。他说：“感谢老画家给我们上了生动的一课，他不仅教给了我们画画的技巧，也教给了我们做人的道理。同学们，人生如一张画纸，如果刚刚开始的人生就有了污点，那该怎么办？”

“像老画家对待那张有墨汁的画纸那样，依然珍惜它、爱护它，永不自暴自弃。”我们回答道。

“对！”美术老师激动起来，“同学们，人生的画纸有了污点，只要我们勇敢地面对，照样可以画出最新最美的图画，照样可以像老画家笔下的雄鹰那样展翅高飞。要知道，智慧和勇气终会帮助我们战胜污点，并把它踩在脚下。”

人都不可避免犯错误，这些错误就像一笔宝贵的财富，让人警醒，让人深思，从而丰富了人生。所以，不要为曾经的污点而悔恨、自卑、难过，生活始终向前，忘记污点、努力奋斗，你就会拥有充满华彩的生命。

一句妙语求职成功

在2003年，巧克力之父弗斯贝里的公司获准登陆中国市场。他发出了招聘广告。广告很简单：请你用一句最简洁的话，概括下面四位著名人士到底在说些什么。

1.1954年4月2日，苏黎世联邦工业大学建校二百周年，邀请爱因斯坦回母校演讲。爱因斯坦在演讲中说了这样的几句话："我学习中等，按学校的标准，我算不上是个好学生，不过后来我发现，能忘掉在学校学的东西，剩下的才是教育。"

2.1984年6月4日，诺贝尔物理学奖获得者丁肇中回母校清华大学演讲，在接受学生提问时说："据我所知，在获得诺贝尔奖的九十多位物理学家中，还没有一位在学校里经常考第一；经常考倒数第一的，倒有几位。"

3.1999年3月27日，比尔·盖茨应邀回母校哈佛大学参加募捐会。当记者问他是否愿意继续学习，拿到哈佛大学的毕业证书时，他向那位记者笑了一下，没有回答。

4.2001年5月21日，美国总统布什回到母校耶鲁大学，接受荣誉法学博士学位。由于他当年学习成绩平平，在被问到现在有何感想时，他说："对那些取得优异成绩的毕业生，我说'干得好'，对那些成绩较差的毕业生，我说'你可以去当总统'。"

有四百多名优秀的中国大学生参加了应聘。2003年3月10日，弗斯贝里的分公司在北京开业，只有一个学生接到通知来参加他们的开业庆典。这位学生的回答是这样的："学校里有高分低分之分，但校门外没有，校门外总是把校门里的一切打乱重组。"

语言体现了一个人的修养，要妙语连珠，就需要我们博学广闻、积累知识，这样才能在关键时刻展现自身的魅力，才能为伯乐所赏识。

走弯路有时最快

坐在出租车上,司机问我:“走最短的路还是走最快的路?”我有些好奇:“最短的路不是最快的路吗?”“当然不是。”司机说,“现在是上下班高峰,最短的路经常交通堵塞,走的时间长,如果绕道而行,多跑点路,可能早到。”

走最短的路还是走最快的路?一个人不只在坐车时遇到这种情况,很多时候都面临这样的选择。有一次,我和一位朋友去伏牛山区游玩,从山底到山顶的直线距离很近,可所有通向山顶的大路都是盘山而上的,路的距离是直线到山顶的几倍甚至几十倍。朋友不听劝阻,执意要走距山顶最短的小路,并打赌看谁先到达山顶。结果我在山顶喝光了两瓶水后他才气喘吁吁地从山的后面爬了上来。他说:“我原来想抄近路先你一步抵达山顶,没想到中途没路,幸亏我知道怎样利用阳光识别方向,否则……”

在实现梦想走向成功的途中,我们常常幻想走最短的路能够最快抵达,却很少人知道“捷径”的中间没有路。“捷径”仅仅是一种诱惑。当我们明白这个道理时,人生的许多风景早已悄然而逝。

人生不怕走弯路——弯路,有时就是最快的路。

换个角度，你便是赢家

艾哈默德是古代阿拉伯世界一位威严的国王，但他只有一只眼睛和一条臂膀。

有一天，他召来三位画师，命令他们为自己绘制肖像。国王对三位画师说道："我希望有张像样的画像，现在你们就用彩笔精心描绘出我身跨战马、驰骋疆场的形象吧！"

在画师们呈交画像的这一天，宫殿堂皇，号角嘹亮，国王威严地端坐在王位上。画师们诚惶诚恐地献上了他们画成的肖像。

国王站起身来仔细端详第一位画师献上的肖像，不由得怒发冲冠，气满胸膛。他认不出自己的面目！国王斥责说："骑在马上的这位君王两只手握着弓箭，两只眼睛正视前方，骑在马上的不是我。我只有一只眼睛，一条臂膀。我要你立刻予以回答，你怎敢大胆粉饰我的形象！"恼怒的国王下了一道旨令："该画匠弄虚作假，判处流放！"

国王拿起第二幅画像，不由得浑身颤抖，怒火万丈。他觉得自己的无上尊严受了污辱，怒吼道："你好一副歹毒心肠！你胆敢让我的仇敌开心，竟然丑化你的君王！你这居心叵测的小人，专画我一只眼一条臂膀！来人！推出去。"可怜这位写实主义的肖像画师，年纪轻轻便成了刀下的冤魂。

第三位画师吓得瑟瑟发抖，浑身筛糠。他毕恭毕敬地捧上了自己画的肖像：画面上的国王侧身骑马，不是面向看画人。因此，看画人就不知道他有没有右眼，也不晓得他是不是一条臂膀。在这张画上，人们只能看见一条健壮的左臂，紧紧地握着一面盾牌，一只完好无损的左眼，像鹰隼的眼睛一样锐利明亮！

从此，这位机敏的画师备受青睐，官运亨通。临终时他的胸前挂满了勋章。

生活中观察事物的角度有方方面面，不要拘泥于一点或是钻牛角尖，这样会让你陷入痛苦的深渊。试着发散你的思维，变换角度想问题，你会发现困难将迎刃而解。

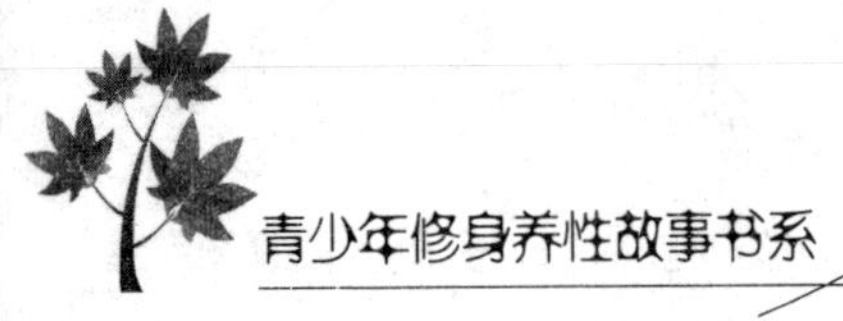

桶的大小是由你定的

从前,某国王有个习惯,每天早上接受大臣朝拜后,便让众臣陪同在宫殿周围散步。

一天,来到御花园,众人坐下观景,国王瞧着面前的水池忽然心血来潮,问身边的大臣:“这水池里共有几桶水?”

这个问题问得稀奇古怪,几桶水?谁能答得确切?众臣一个个面面相觑。

国王很不高兴,便发旨:“你们回去考虑三天,谁能答出便能得到重赏。”

三天过去了,大臣中仍没有人能回答得出这个问题。国王觉得很扫兴。

这时,有个大臣诚惶诚恐地伏地奏道:“国王息怒,我等不才,无法解答您的问题,老臣向国王推荐一人,或许能行。”

国王闻言问:“你推荐谁?”

那大臣说:“城东门有个孩子很聪明,是不是把他叫来试一试。”

不多时,那位孩子便被领进大殿。他落落大方,进了皇宫也毫无怯意。

国王便将那问题讲了一遍后,示意让人领小孩到池塘边去看一下。那孩子天真地笑道:“不用去看了,题太容易了。”

国王一听乐了,说:“哦,那你就讲吧。”

孩子眼睛眨了眨,说:“要看那是怎样的桶。如果桶和水池一般大,那池里就是一桶水;如桶只有水池的一半大,那池里就有两桶水;如桶只有水池的三分之一大,那池里就有三桶水,如果……”

“行了,完全对。”国王重赏了这个孩子。

众臣一个个呆若木鸡,自愧不如。

人的智慧要随着思维角度的转换而改变。因此,凡事切莫焦躁或是懈怠,用智慧的利剑从不同角度切入问题,你就能轻易地理清头绪,从而找到解决问题的最佳途径。

被“逼”出来的智慧

上中学时，老师讲过一则故事。在沙俄时代，一个不会游泳的人失足落水了。他急呼救命，可岸上值勤的警察却无动于衷。落水者奄奄一息，就在他近乎绝望时，他突然大喊：“打倒沙皇!”警察一听有人辱骂沙皇，简直不敢相信自己的耳朵，要知道在当时的俄国，这足以让人锒铛入狱。警察立即跳入河中，将落水者抓上岸来，送进了警察局，落水者因此得救。

如果我们是落水者，面对置人安危于不顾的沙皇警察，我们充其量只会继续高喊“求求你，救救我吧，我不想死啊”，或者是急呼“救救我吧，我会给你很多钱”。而故事中那位落水者，却敢冒天下之大不韪，喊出一句“打倒沙皇”，这是绝处求生的智慧。

“碧绿液”是法国著名的矿泉水，不仅畅销法国，而且还出口到国外。1989 年 2 月，美国食品卫生部门在抽样检查中，发现有十几瓶“碧绿液”矿泉水含有超过规定二至三倍的苯，长期饮用会有致癌危险。消息一经披露，碧绿液公司的矿泉水销量直线下降。公司马上组织智囊团商量对策，是回收不合格产品并赔偿损失，还是登报向广大消费者致歉，并换用新品牌?可这些都只是权宜之计，并不能从根本上挽回公司声誉。

在进退两难的关键时刻，碧绿液公司做出了令人大跌眼镜的举措：公司高层举行了一次记者招待会，宣布将同一批销往世界各地的一点六亿瓶价值两亿法郎的矿泉水全部销毁，公司另外用新产品补偿。决定一宣布，记者们全场哗然。

为了十几瓶不合格的矿泉水而将一点六亿瓶矿泉水全部销毁，这不意味着将两亿法郎“打了水漂”吗?碧绿液公司的奇招吸引了广大新闻机构的好奇心和注意力，记者们纷纷报道。一时间，碧绿液公司“销毁不合格产品，确保消费者利益”的美名被炒得沸沸扬扬，矿泉水销售量直线上升，甚至超过上年度销售量几十个百分

点。

“把坏东西消灭，再推出好东西。”碧绿液公司这一冒险思维虽使得价值两亿法郎的一点六亿瓶矿泉水“毁于一旦”，却为公司赢来了即使花费两亿法郎去做广告也换不来的口碑和形象。如果公司痛惜那两亿法郎，不敢冒险将坏事变成好事，恐怕公司信誉再难恢复，这是以退为进的智慧。

1988年4月27日，美国阿波罗航空公司一架波音737客机从檀香山起飞后，突然发生爆炸。当时，驾驶员不得不把飞机降落在附近机场上。在这次事故中，只有一名空姐不幸身亡，几十名乘客都平安生还。

事故发生后，飞机制造业界的竞争对手们大肆宣扬，波音公司面临严重的声誉危机。就在竞争对手幸灾乐祸地隔岸观火时，该公司经过调查，发现事故原因是因为制造飞机的金属“疲劳”所致。这架飞机已飞了二十年，起落九万次，大大超过了保险系数，但还能使乘客平安生还，这不正好从反面证明了波音飞机的质量之高吗?该公司抓住这一点，展开强大的宣传攻势。结果，该公司的飞机销售量猛增，仅5月份一个月就收到订货款七十亿美元，比第一季度的四十七亿美元还多。在厄运到来时，波音公司就这样将不利变为有利，从而使公司巧过难关，并因此名声大振。这是化险为夷的智慧。

人在濒临绝境时，往往会有一些出奇制胜的冒险高招，因为在这个时候，人的思维是没有上“保险栓”的，有专家称这是“悬崖边上的智慧”。在商业竞争日益激烈的现代社会，有的人只能于慌乱中一败涂地，有的人却能处变不惊，大胆地打破思维的“保险栓”，逆流而上，最终力挽狂澜。

这些，都是被“逼”出来的智慧。

遇到狼就变成狼

如果在野外碰上一群狼，你的第一反应是什么？

有人说跑，有人喊打。

但是，稍微有点儿野外生存知识的人都知道，遇到野兽，最忌讳的就是扭头就跑。就是速度再快怕也跑不过四条腿的野兽吧！而且，只要你一转身，作势要跑，那么狼马上就知道了你一定比它弱，所以第一个咬的就是你。

向前跑，是追逐，代表着一种积极的性格；向后跑，是逃避，反映在人格上，就是不敢面对现实，胆小懦弱。

公司里选拔留学深造的对象，只有六个名额，七个候选人中你占了一个。领导一看名单，想都不想就把你排除了。为什么？因为谁都知道你向来与世无争，不出风头啊。别人抢了你的客户，你说："算啦，算啦，同事一场。"别人抢了你的职位，你说："无所谓，什么活儿不是干呀！"别人指使你做完这个再做那个，你总是好脾气："行行行……这样行，那样也行……"你看破红尘，不争名利，在这紧要关头，不删你删谁啊？要知道，容忍要有限度，善良并不是终极品质。当你遇到一只狼的时候，它会把你的过分退让当成是怯懦，从而将你彻底吃掉。那时，你连反抗的机会都没有了！

既然沉默或者退让等于牺牲，那么就拼了吧——打！

希特勒把世界看成他面前的"狼"，于是打了。打下整个法国只用了一个多月，算是够厉害的了，但最后却难逃自杀、被焚尸的下场。比希特勒更能打的是斯大林。第二次世界大战的时候，希特勒的军队闪击波兰，攻下法国的防线，空袭英国，席卷整个欧洲，最后却被苏联红军一举拿下。你可能搞得定一个、一时，但你打不赢一群、一世。

所以，著名经济学家茅于轼先生说："我们发展得慢，就是因为我们的动作太快。遇到麻烦，第一就是对着干。"

打，没有出路。

那么，如果当真掉进狼群里，到底该怎么办呢？不妨将这个疑问先放在肚子里酝酿一会儿，先听我讲个故事。

这是“海尔”的总裁张瑞敏先生讲过的例子：有个日本商人做微波炉生意，当年要进入美国市场的时候，他发现美国人凡事都喜欢大的，房子要大，车要大，冰箱要大，电视要大……于是他就把微波炉也做得很大。结果，真的很受欢迎，赚了一大笔钱。后来，有一个贵妇给自己的宠物洗完澡，突然想起了微波炉，说明书上说用于加热，于是她就把爱犬给塞了进去，后果可想而知。那贵妇和她的爱犬感情深厚，一怒之下就将这位商人告上了法庭。要是这事儿放在中国，谁都会认为那个贵妇太蠢，明摆着的错误她非要犯啊！但是，美国人可不这么想——微波炉的说明书并没写不能给活物加热啊。最终，美国的法律判那个贵妇胜诉，责令商人赔偿她的损失。那可是一条名犬，商人狠赔了一笔，那个倒霉的日本人最后得出结论说：美国人的思维就是那么直接，他们不是人，更像是狼。

现在你明白该怎样对付这群狼了吗？对，你也变成狼，用狼的思维来考虑，那么自然就不会被咬伤了。

遇到狼先变成狼，这是最好的方法。那个日本商人原也是懂得这条道理的，所以先摸清了美国人喜欢大的脾性，然后让自己顺应趋势，把微波炉也做得很大。事实证明，他的这次蜕变是正确的，也在市场上盈利不少。然而，坏就坏在他蜕变得还不够彻底，没弄清美国人的思维方式就是直线型的，所以最终“丧命狼口”。

大到一个物种，小到一个团体，在它慢慢形成的过程中就逐渐形成了自己的文化和风格。对于想要涉足这个团体的人来说，这些已然成形的规则就像一把利剑，顺我者昌，逆我者亡。如果你能很好地理解这个团体，并且让自己的处事风格符合它的标准，那么你就能很好地在其中存活，甚至利用这个团体壮大自己。相反，如果你违背了团体的标准，那就只有死路一条。

生活中，谁也免不了要遇到各种各样的挑战、压力和麻烦。这时候就好像遇到了一群狼，我们到底该怎么办呢？不逃避、不对立，用狼的眼睛去查看，用狼的思维去思考，这样狼群的威胁也就能悄然化之了。

标准答案

从报上看到一个脑筋急转弯题,觉得挺好玩儿,回家时就想考考儿子。吃晚饭时,我问儿子:“有一个女孩从海边的沙滩上走过,她的身后为什么没有脚印?”

儿子顿了顿,问:“当时天黑了吗?”

我说:“这跟天黑有什么关系?”

儿子回答说:“如果天黑了,连人都看不见,自然就看不到沙滩上的脚印了。”

儿子说得有点道理,我只好说天没有黑。

“那么,是黄昏的时候吧?”儿子接着问。

我有点儿不耐烦了:“这有关系吗?”

“如果是黄昏,开始涨潮了,潮水就把脚印冲刷掉了。”

我耐着性子说是中午，心里想这回儿子可该说出答案了吧，没想到儿子继续问:“这个女孩是个杂技演员吗?”

我简直有点恼火了:“这有关系啊?”

儿子不紧不慢地说:“当然,如果她是个杂技演员,那么她可能是用两手在沙滩上行走,沙滩上只有手印,没有脚印。”

我强压怒火尽量克制自己说:“她不是杂技演员。”

“那么就只有两种可能了,一是她在水中走……”

没等儿子说完,我便忍无可忍地喊道:“她没有在水中走!”

“那么就只剩下一种可能,她是倒退着走,脚印在她的前面,而身后没有脚印。”儿子终于说出了标准答案。

是啊,现实生活中哪有什么标准答案,一个不起眼的元素,就会使全盘改变。

所谓“标准答案”只存在于理论之中,现实生活中任何一点细微的改变,都可能在开始时差之毫厘,在答案上谬之千里。所以不要迷信“标准答案”,运用你的智慧,所有设想都将带来美丽的结果。

大英图书馆搬迁

相传，大英图书馆老馆年久失修，建成新馆后，要把老馆的书搬到新址去。这本来是一个搬家公司的活儿，没什么好策划的，把书装上车，拉走，摆放到新馆即可。问题是按预算需要三百五十万英镑，图书馆里没有这么多钱。眼看着雨季就到了，不马上搬家，这损失就大了。怎么办?馆长想了很多方案，但还是一筹莫展。

正当馆长苦恼的时候，一个馆员问馆长苦恼什么，馆长把情况向这个馆员介绍了一下。几天之后，馆员找到馆长，告诉馆长他有一个解决方案，不过仍然需要一百五十万英镑。馆长十分高兴，因为图书馆有这么多钱。

“快说出来!”馆长很着急。

馆员说：“好主意也是商品，我有一个条件。”

“什么条件?”馆长更着急了。

“如果把一百五十万全花尽了，那全当成我给图书馆做贡献了，如果有剩余，图书馆要把剩余的钱给我。”

“那有什么问题，三百五十万我都认可了，一百五十万以内剩余的钱给你，我马上就能做主!”馆长很坚定地说。

“那咱们签订个合同?”馆员意识到发财的机会来了。

合同签订了，不久实施了馆员的新搬家方案。花了一百五十万英镑吗?连零头都没用完，就把图书馆给搬了。

原来，图书馆在报纸上登出了一条惊人的消息：“从即日起，大英图书馆免费、无限量向市民借阅图书，条件是从老馆借出，还到新馆去……”

馆员发财了……

文中的馆员巧借全伦敦市民之力，将智慧转化为财富。这其中蕴含着深刻的道理：只会运用自己力量的人，能力再大也只是一个莽夫；善于利用外力的智者，却可以创造奇迹。

抓紧一截树枝

那里曾是西部极为闭塞的一个小山村,令人难以想象的极度贫穷,曾几乎窒息了村民们所有的梦想,他们似乎已习惯了世代忍受那样的贫困,似乎已看不到改变命运的任何希望了。

但在上个世纪80年代中期,一个叫王琼的志愿者来到了那里。年轻的女孩面对那骇人的愚昧与落后,费了许多口舌去开导教育他们,但收效寥寥。后来,王琼向村民们讲了下面这个极小的小故事:

有一种跟麻雀差不多大小的迁徙鸟,每年都要飞越几万里的太平洋,往返自己地处两个大洲的家园。而它们都不是飞行的健将,飞不了多远,它们就必须要停下来歇息一会儿。

那么,它们凭借着什么跨海越洋的呢?

办法很简单:它们只需口衔一截树枝,就自信地上路了。飞累了,就把树枝扔到水面上,落在树枝上休息;饿了,便站在树枝上捕鱼;困了,便抓紧树枝,在起伏的波浪间打盹儿……浩瀚无际、风云变幻的几万里之遥的太平洋,就那样被它们从容地甩在了身后。

王琼在讲完这个小故事后,做了这样特别的启示:“坚定的信念,加上追求的勇气和智慧,便诞生了奇迹。其实,每个人都可以像这种小鸟一样,你们也不例外。”

仿佛一把熊熊烈火,骤然照亮了村民们的心田。奇迹由此发生了——此后的二十年间,那个不足千人的小山村,先后考出了二百多名大学生,其中有三十多位如今已是国内外知名的教授、学者和多个领域的佼佼者,那个小山村也已成为西部有名的富裕村了。

这是著名的旅美学者张千树在接受记者采访时讲述的一个小故事。他还满怀深情地向记者道出了自己对此的人生感悟:“有些成功其实很简单,只需瞄准梦想

的远方，抓紧一截信念的树枝，然后在顽强的努力中注入坚定不移的执着，就一定会穿越所有的风雨，跨越所有的屏障，抵达理想的彼岸。”

没错，抓紧一截信念的树枝，也许就会拥有一片郁郁葱葱的森林。世间的奇迹，往往诞生于那些毫不起眼的细枝末节中。

学会让思维转弯

我小时候，住在内蒙古的农村，那里狼比较多，就是白天里，狼也会偶尔在村边出没。家禽家畜被狼叼走的事件屡屡发生，人们谈狼色变。一个夏天的上午，一个男孩在村边割草时被两只狼围困住了。两狼一前一后，虎视眈眈。男孩很害怕，他想求救，但他知道，此时村里的青壮年男女都下到田里干活去了，只剩下一些老人和孩子。如果喊狼来了，喊破喉咙他们也不敢出来。孩子危急中开始大声喊道："要猴了，要猴了。"

那时候农村没有什么娱乐活动，耍猴颇受欢迎。一听到这喊声，村里的老人和孩子都向村边跑来。两只狼一看这阵势，马上夹着尾巴落荒而逃。那个男孩是我哥哥，他现在和我提到这件事时还心有余悸，如果当时喊狼来了，他肯定就成了狼的午餐。但聪明的他让思维拐了个弯，就成功化解了自己面临的危机。

当语文教师时，我曾给学生们留了一篇夸妈妈的作文。

作文交上来，我发现几乎全班的同学都饱蘸笔墨写妈妈如何勤劳善良，如何忘我工作，如何关心子女成长，例子举了很多，文字也很生动。但我总感觉这些文章似曾相识，缺乏创意。翻到最后，终于有一位同学让我眼前一亮，他的作文题目叫《爸爸下厨房》，他用爸爸走进厨房、手忙脚乱的一些闹剧衬托出妈妈平日里举重若轻、任劳任怨的精神和勤劳简朴的品质。只是思维转了个角度，这篇文章就别具一格了。

人生处世如行路，常有山水阻身前。行不通时，有些人就开山架桥，最后蛮力耗尽，也逃不出"出师未捷身先死"的结局。而有些人只是转了个弯，轻松绕过障碍，就成功到达了终点。世事洞明皆学问，我们很多时候需要转弯的思维。让思维转弯，是一种大智慧，它能让四两拨动千斤，弱小战胜强大，付出最小的代价却收获最大的成功。

铅笔有多少种用途

美国纽约有一所穷人学校,数十年来,该校的毕业生在纽约警察局的犯罪记录最低。这是为什么?一位研究者通过对该校毕业生的问卷调查,得到了一个奇怪的答案——因为该学校的学生都知道铅笔有多少种用途。

原来在这所学校,学生入学后接受的第一堂课就是:一支铅笔有多少种用途?在课堂上,孩子们明白了铅笔不仅有写字这种最普通的用途,必要时还能用来做尺子画线;作为礼品送人表示友爱;当做商品出售获得利润;笔芯磨成粉后可做润滑粉;演出时也可临时用于化妆;削下的木屑可以做成装饰画;一支铅笔按相等的比例锯成若干份,可以做成一副象棋;可以当做玩具车的轮轴;在野外探险时,铅笔抽掉芯还能被当成吸管喝石缝中的泉水;在遇到坏人时,削尖的铅笔还能当做自卫的武器……

通过这一课,老师让学生们懂得了:拥有眼睛、鼻子、耳朵、大脑和手脚的人更是有无数种用途,并且任何一种用途都足以使一个人生存下去。这种教育的结果是,从这所学校毕业的学生,无论他们的处境如何,都生活得非常快乐,因为他们永远对未来充满希望。

这所学校就是圣·贝纳特学院。对它进行研究的是一位名叫普热罗夫的捷克籍法学博士,他原打算借研究为名拖延在美国的时间,以便找到一份与法学有关的工作。这份奇怪的答案使他放弃了在美国找工作的想法并立即返回国内。目前,他已经是捷克最大的一家网络公司的总裁。

世界上每一样东西都有其价值所在,只是还未被人们充分发掘。人更是有无限潜力,只要相信“天生我材必有用”,充分发掘自己的内在潜能,每个人都将活出自己的精彩。

镇静出智慧

有一个博物馆被盗了，丢失了十件珍贵的文物，好在一枚珍贵的钻戒没有被盗。警方经过多次努力也找不到线索，这时，一直很冷静的博物馆馆长却提议让电视台采访他。

于是电视上播出了记者采访博物馆馆长的镜头。记者问："请问这次失窃共丢失了多少件文物?"馆长答："共丢失了十一件文物。"记者问："这些文物都很珍贵吗?"馆长答："是的，都很珍贵，特别是一枚钻戒价值连城!"

时隔不久，警方就查到了线索并顺利地破了案。线索来源很简单，几个盗贼在殴斗时被警方抓获，而他们殴斗的原因竟然是互相猜疑究竟是谁私藏了第十一件文物——那枚钻戒。

还有一个故事。有一个巨商为躲避动荡，把所有的家财置换成金银细软，特制了一把油纸伞，将金银小心地藏进伞柄之内，然后把自己打扮成普通百姓，带上雨伞准备归隐乡野老家。不料途中出了意外，他打了一个盹，醒来之后雨伞竟然不见了!巨商毕竟经商数年，他不露声色地仔细观察，发现随身携带的包裹完好无损，断定拿雨伞之人肯定不是专业盗贼。估计是过路人顺手牵羊拿走了雨伞，此人应该就住在附近。

巨商于是就在此地住了下来，购置了修伞工具，干起了修伞的营生。春去秋来，一晃两年过去了，他没有等来自己的雨伞。但是巨商在修伞的过程中，了解到有些人的雨伞坏到不值得一修的时候，就会重新买新的雨伞。巨商于是又改行——旧伞换新伞，并且换伞不加钱。一时间前来换伞的人络绎不绝。

不久，有一个中年人夹着一把破旧的油纸伞匆匆赶来，巨商接过一看，正是自己魂牵梦萦的那把雨伞，伞柄处完好无损，巨商不动声色地给了那人一把新伞。那人离去之后，巨商转身进门，收拾家当，从此消失得无影无踪。

镇静出智慧。博物馆馆长的故意声张和巨商的无言等待,都是一种镇静之后的智慧。在突如其来的事件面前,博物馆馆长和巨商都能够沉着应对,从而化险为夷。

镇静是一种智慧,更是一种韧性。

八十多年前,一把火烧光了爱迪生的实验室,爱迪生站在废墟上说:现在我们又可以重新开始了!我相信,任何知道这句话的人都会为爱迪生的镇静发出由衷的赞叹。

镇静并非灰心丧气地放弃,而是从容淡定,是胸有成竹。面临突如其来的变故,惊慌失措不仅于事无补,反而容易乱中出错,只有镇静地思考对策才能化解问题于不动声色之中。

面对两难选择

南朝齐国的王僧虔是著名书法家，是书圣王羲之的孙子。他禀赋优异，特别是隶书的造诣超凡出众，颇负盛名。

齐高帝也酷爱书法。一天，齐高帝召见王僧虔，命人拿出文房四宝，让王僧虔当场献字，以便揣摩、欣赏他的书法艺术。

王僧虔挥毫洒墨，潇洒自如，没多大工夫，就写好了一首诗。可谓字字珠玑，赢得文武百官的一阵热烈喝彩。

齐高帝身手不凡，不甘示弱，立刻拿起笔，写了一首诗。字迹苍劲，气势纵横，同样赢得了文武百官的满堂喝彩。

齐高帝兴致甚高，即兴问了王僧虔一个问题："朕与你的书法造诣到底谁更高一筹呢?"

面对突如其来的问题，王僧虔毫无准备，听后不禁愣了一会儿。他想，以书法的实力来看，齐高帝确实略逊一筹，可是如果说自己优于皇上，那么必定让皇上颜面无光。可是，如果昧着良心说自己的书法略逊一筹，万一被误认为是有意欺骗圣上，岂不也是犯下了欺君之罪，同样没有好下场。他左右为难，一时不知该如何回答，就连文武百官也不禁为他捏着一把汗。

片刻之后，机敏的王僧虔毕恭毕敬地对皇上说："臣的书法，敢说是人臣第一；而皇上的书法，则必定在皇中称王。"

话音刚落，气氛立刻活跃起来。齐高帝赞赏他答得好，文武百官也佩服他答得妙。

张之洞新任湖北总督时，恰逢新春佳节，抚军谭继恂为讨好张之洞，主动设宴招待他。不料席间两人因长江的宽度争得面红耳赤，不可开交。张之洞说，长江宽七里三。谭继恂说，长江宽五里三。他们各执己见，互不相让。眼看着气氛越来越紧张，

席间之人谁也不敢出来相劝。

这时候，位列末座的江夏知县陈树屏说："两位大人说的都对，长江水涨的时候宽七里三，水落的时候宽五里三。"

这话给两人解了围，两人捧腹大笑。在面对两难选择的困境时，摆脱非此即彼习惯思维的束缚，开拓双赢的思路，往往会取得皆大欢喜的结果。

只会非此即彼的人是死脑筋，会折中的人是活脑筋，会面面俱到的人才是好脑筋。解决问题的办法有很多，如果有一个问题让我们两难，那我们就找出第三种解决办法。

敢于放弃

电视上有一个娱乐节目，就是数钞票比赛。主持人拿出一大沓钞票，这一大沓钞票里面，有大小不一的各类币种，按不同顺序杂乱重叠着，在规定的三分钟内，让现场选拔的四名观众进行点钞比赛。这四名参赛的观众中，谁数得最多，数目最准确，那么，他就可以获得自己刚刚数的现金。

主持人将游戏规则一宣布，顿时引起全场轰动。在三分钟内，不说数几万元，总能数出几千元来吧。而在短短的几分钟内，就能获得几千元钱的奖励，能不叫人兴奋吗？

游戏开始了，四个人开始埋头“沙沙沙”的数起了钞票。当然，在这三分钟内，主持人是不会让你安心点钞的，他还会拿着话筒，轮流给参赛者出脑筋急转弯的题目，打断他们的思路，并且，必须答对题目才能接着往下数。几轮下来，时间到了，四名参赛观众手里各拿了厚薄不一的一把钞票。主持人拿出一支笔，让他们写出刚才所数钞票的金额。

第一名，三千四百七十二元；第二名，五千八百三十六元；第三名，四千八百八十九元；而第四名，只数出区区五百元。当主持人报出这四组数字的时候，台下顿时一片哄笑声，他们都不理解，第四名观众为什么会数得那么少呢？

这时，主持人开始当场验证刚才所数币值的准确性。众目睽睽之下，主持人把四名参赛观众所数的钞票重数了一遍，结果分别是：三千三百七十二元、五千八百三十一元、四千八百七十九元、五百元。也就是说，前三名数得多的参赛观众，不是多计算了一百元，就是少计算了五元，或者十元，距离正确币值都只是一“票”之差。只有数得最少的第四名完全正确。按游戏规则，也只有第四名参赛观众获得五百元奖金，而其他的三名参赛观众，都只是紧张地做了三分钟的无用功。

得到这样出乎意料的结果，台下的观众先是沉默，继而爆发出热烈的掌声。这

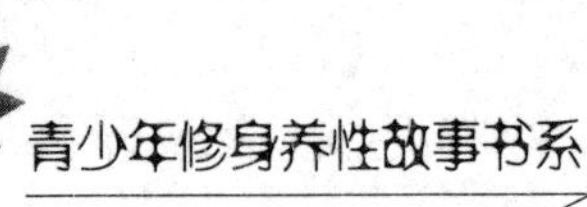

时，主持人拿着话筒，很严肃地告诉大家一个秘密："自从这个娱乐节目开办以来，所有参赛者所得的最高奖金，从来没人能超过一千元。"

全场观众若有所悟。

原来，有时候聪明的放弃，其实就是经营人生的一种策略，也是人生的一种智慧。不过，它需要更大的勇气和睿智啊。

有时候放弃不代表承认失败，而是看清形势下的趋向利益最大化的理智选择。正如蝮蛇螫手，壮士断腕，放弃是为了留下更多，不懂放弃，就要全盘皆输，取舍之间，尽显智慧。

人生要懂得转弯

法国有一位叫奥里昂的老人从二十岁起就决心做一名画家，他一直勤奋地画呀画呀，几十年来如一日，但他的画却无人问津。终于，四十年过去了，在他画了第九千九百九十八张画后，他卖出了平生第一张画!在成功心理学看来，判断一个人是不是成功，最主要的是看他是否最大限度地发挥了自己的长项或优势。成功学家通过研究发现，人类有四百多种优势。这些优势本身的数量并不重要，最重要的是你应该知道自己的优势是什么，短项是什么，之后要做的则是敢于放弃短项，将你的生活、工作和事业发展都转向你的优势，这样你才能成功。

湖南电视台曾邀请一位热爱写作的农民和观众见面，讲述他如何勤奋写作的故事。那位农民称迄今为止，自己已经写作了三十余年，写出的手稿装了几十个麻袋。但是在这三十余年里，他虽然如此勤奋写作、不断投稿，最终也没有发表一篇文章，说着说着不禁掉下了眼泪。主持人问他今后有何打算。这位农民擦干眼泪，铿锵有力地回答:将更加勤奋地写作!他的回答赢来了全场的掌声。

如果这位先生明智的话，其实应该停止写作而转向他比较擅长的方面。因为写作对有些人来说是与勤奋无关的，就像搞体育运动对一些人来说与勤奋无关一样，这需要一定的天赋。

同样是个农民，张文举从小也有当作家的理想。为此，他十年如一日地努力着。他坚持每天写作五百字，一篇文章完成后，他改了又改，然后满怀希望地寄往远方的报纸杂志。可是，多年努力，他从没有只字片言成铅字，甚至连一封退稿信也没有收到过。二十九岁那年，他总算收到了第一封退稿信。那是一位他多年来一直坚持投稿的刊物的总编寄来的，总编写道:“……看得出，你是一个很努力的青年。但我不得不遗憾地告诉你，你的知识面过于狭窄，生活经历也显得相对苍白。但我从你多年的来稿中发现，你的钢笔字越来越出色……”很多人都知道，张文举现在是有

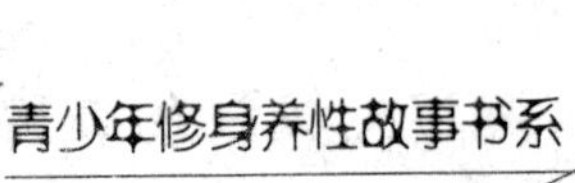

名的硬笔书法家。记者们去采访他，提得最多的问题是："您认为一个人走向成功，最重要的条件是什么？"

张文举答："一个人能否成功，理想很重要，勇气很重要，毅力很重要。但更重要的是，人生路上要懂得舍弃，更要懂得转弯！"

我们要好好向明智的张文举学习，不适合就要勇于放弃，并适时转弯，努力去做更适合自己的事。

人生道路千万条，每一条路边都繁花似锦，绿草如茵。如果一条路走不通，不要灰心，转个弯，走上另一条路，也许你会发现这条路上的景色更迷人，空气更清新。

超级思维

一个刚退休的老人回到老家,在小城买了房住下来,想在那儿安静地打发自己的晚年,写些回忆录。

刚开始的几个星期,一切都很好,安静的环境对老人的精神和写作很有益。但有一天,三个半大不小的男孩子放学后开始来这里玩,他们把几只破垃圾桶踢来踢去,玩得不亦乐乎。

老人受不了这些噪音,于是出去跟年轻人谈判。"你们玩得真开心。"他说,"我很喜欢看你们踢桶玩,如果你们每天来玩,我给你们每天每人一块钱。"

三个年轻人很高兴,更加起劲地表演他们的足下工夫。过了三天,老人忧愁地说:"通货膨胀使我的收入减少了一半,从明天起,我只能给你们五毛钱。"

年轻人很不开心,但还是答应了这个条件。每天下午放学后,继续去进行表演。一个星期后,老人愁眉苦脸地对他们说:"最近没有收到养老金汇款,对不起,每天只能给两毛了。"

"两毛钱?"一个男孩子脸色发青,"我们才不会为了区区两毛钱浪费宝贵的时间为你表演呢,不干了。"

从此以后,老人又过上了安静的日子。必须提一下的是:他退休前,是一家单位的工会主席。

孩子多数有逆反心理,所以他们不会因为老人的阻止而停止踢桶。老人深知这一点,因此他逆向思维,以进为退,从而轻松地化解了问题。掌握人性,对症下药才是与人相处的超级思维。

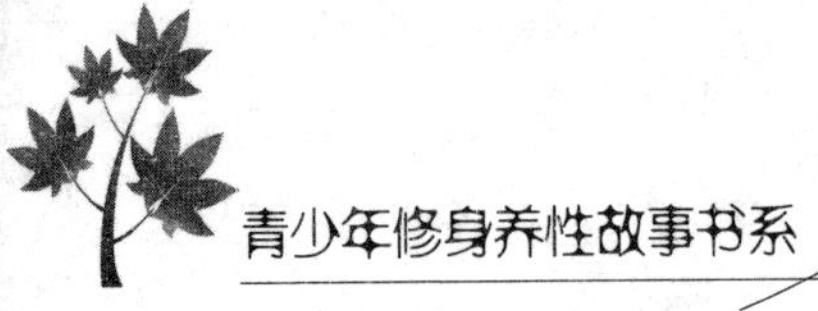

我的捡砖头思维

小时候我父亲做的一件事情到今天还让我记忆犹新。父亲是个木工，常帮别人建房子，每次建完房子，他都会把别人废弃不要的碎砖乱瓦捡回来，或一块两块，或三块五块。有时候在路上走，看见路边有砖头或石块，他也会捡起来放在篮子里带回家。久而久之，我家院子里多出了一个乱七八糟的砖头碎瓦堆。我搞不清这一堆东西的用处，只觉得本来就小的院子被父亲弄得没有了回旋的余地。直到有一天，我父亲在院子一角的小空地上开始左右测量，开沟挖槽，和泥砌墙，用那堆乱砖左拼右凑，一间四四方方的小房子居然拔地而起，干净漂亮和院子形成了一个和谐的整体。父亲把本来养在露天到处乱跑的猪和羊赶进小房子，再把院子打扫干净，我家就有了全村人都羡慕的院子和猪舍。

当时我只是觉得父亲很了不起，一个人就盖了一间房子。等到长大以后，才逐渐发现父亲做的这件事给我带来的深刻影响。从一块砖头到一堆砖头，最后变成一间小房子，我父亲向我阐释了做成一件事情的全部奥秘。一块砖没有什么用，一堆砖也没有什么用，如果你心中没有一个造房子的梦想，拥有天下所有的砖头也是一堆废物；但如果只有造房子的梦想，而没有砖头，梦想也没法实现。当时我家穷得几乎连吃饭都成问题，自然没有钱去买砖，但我父亲没有放弃，日复一日捡砖头碎瓦，终于有一天有了足够的砖头来造心中的房子。

后来的日子里，这件事情凝聚成的精神一直在激励着我，也成了我做事的指导思想。在我做事的时候，我一般都会问自己两个问题：一是做这件事情的目标是什么，因为盲目做事情就像捡了一堆砖头而不知道干什么一样，会浪费自己的生命；第二个问题是需要多少努力才能够把这件事情做成，也就是需要捡多少砖头才能把房子造好。之后就要有足够的耐心，因为砖头不是一天就能捡够的。

我生命中的三件事证明了这一思路的好处。第一件是我的高考，目标明确：要

上大学。第一第二年我都没考上，我的砖头没有捡够，第三年我继续拼命捡砖头，终于进了北大。第二件是我背单词，目标明确：成为中国最好的英语词汇老师之一。于是我开始一个一个单词背，在背过的单词不断遗忘的痛苦中，我父亲捡砖头的形象总能浮现在我眼前，最后我终于背下了两三万个单词，成了一名不错的词汇老师。第三件事是我做新东方，目标明确：要做成中国最好的英语培训机构之一。我平均每天给学生上六到十个小时的课，很多老师倒下了或放弃了，我没有放弃。十几年如一日，每上一次课我就感觉多捡了一块砖头，梦想着把新东方这栋房子建起来。到今天为止我还在努力着，并已经看到了新东方这座房子能够建好的希望。

金字塔如果拆开了，只不过是一堆散乱的石头；日子如果过得没有目标，就只是几段散乱的岁月，但如果把一种努力凝聚到每一日去实现一个梦想，那么散乱的日子就积成了生命的永恒。

没有人能一步登天，正如大海是由无数条小溪汇聚而成，摩天大厦起源于一块块砖头。努力充实自己的人生吧，我的朋友!将“捡砖头思维”运用到学习、工作乃至生活中，总有一天量变会引起质变，你今天点滴的努力将为你换来明天的成功。

“狼”来时

朋友下海经商，当年意气风发地去，扑腾一番后却是垂头丧气地归来。面对愁云满面的他，我说：“我给你讲两个小故事吧，两个关于狗与狼的故事。或许对你有所帮助。”

第一个故事来自一组漫画，共四幅。第一幅画中有几只小狗在轻松地朝前走。第二幅画中只见在这群小狗面前突然出现了一群拦住去路的虎视眈眈的狼，小狗们显得有些慌乱。第三幅画中的情形却出乎意料：小狗们排着整齐的队形，昂首挺胸，目不斜视地迈着步子，而惊诧的狼们却避让在两旁，目送它们从容走过。第四幅画的内容是，小狗们离狼稍远便撒腿狂奔，而愚笨的狼这才如梦初醒……

朋友显然被这个故事吸引住了，他的眼里放出光来，等我话音刚落就催问：“那第二个故事呢？”

第二个故事引自美国电影《丛林赤子心》。片中担当主角的明星小狗，在丛林中被一只凶悍的狼盯上了，几次差点落入狼口。当小狗又一次被狼疯狂追逐，眼看难脱厄运时，谁想剧情却急转直下：原来小狗把狼引向的是悬崖，快到崖边时小狗放慢了脚步，而此时迫不及待的狼则猛扑上去，结果跌下了百丈高崖。

故事真的很简单，朋友听完后沉思良久，然后轻轻地说：“我懂了……”

朋友是有悟性的人，我相信他确实从两个故事中悟到了一点什么。其实除了我的朋友，我们每个人在生活中都难免碰上这样或那样的“狼”：困难、挫折、灾祸。但“狼”拦住我们的进路时，我们最需要的恐怕是傲视“狼”，直面“狼”的勇气。就像第一个故事中那群小狗，凭着一股超乎寻常的勇气和胆量，竟然惊呆了貌似强大的狼群，进而挣脱了魔爪。如果小狗们在狼的嚣张气焰面前心虚胆怯、溃不成军，那迎接它们的只可能是被扼杀的命运。对人来说又何尝不是如此：你被“狼”吓倒了，你就永远不可能战胜它；只有你敢于向“狼”挑战，保持一份自信和清醒，你才有可能去

“吓倒”它。

而第二个故事则启示我们:面对夺魂之“狼”,除了需要勇气之外,我们还需要智慧和谋略。那只丛林中的小狗,硬拼远远不是狼的对手,如果不是借施悬崖之计,它最终只会成为狼的爪下之食,又哪能彻底斗过狼!而当人类面对另一类“狼”时,如果只是一味硬拼蛮干,尽管勇气可嘉,还是奈何不了“狼”,反而会落得个被“狼”收拾掉的败局。

当通过寻常的路径难逃“狼”口时,我们应该学会找到一处出奇制胜的“悬崖”,借此巧妙地化解如狼步步紧逼般的困境。

生活中的很多困难都像狼一样,对我们步步紧逼。在困难面前,恐惧毫无用处,我们不仅要充满勇气,迎难而上,而且还要利用智慧,解决问题,双管齐下则无往而不利。